Einadi Ragazzi

storie & rime

Collana diretta da

Orietta Fatucci

ISBN 978-88-6656-439-3

www.edizioniel.com

CHRISTIAN
STOCCHI

illustrazioni di
Aurora Cacciapuoti

FAVOLE dell'ABC

Einaudi Ragazzi

FAVOLE dell'ABC

1. PROLOGO: GLI OCCHIALI MAGICI DELLE FAVOLE

La lingua e la grammatica possono trasformarsi in un continente affascinante, pieno di imprevisti divertenti; insomma, una terra tutta da esplorare. Incredibile?

No, a patto che s'indossino le ali della fantasia e s'inforchino gli occhiali magici delle favole. Allora sí, davvero, si scopriranno storie sorprendenti di virgole e parentesi, avvincenti avventure di lettere e accenti, ma anche segreti seducenti di proverbi portentosi. Perché le parole sono camaleonti ingegnosi, capaci di *colorarsi* e di colorare il mondo del significato che ognuno riesce a vedere.

Come accade nelle pagine che seguono.

2. UNO STRANO ESPERIMENTO

C'era una volta un maestro strano e stravagante, con la barba brizzolata e i capelli scompigliati, simile a uno scienziato impazzito da un bel pezzo, sempre sporco di pizza nel pizzetto penzolante. Un giorno si mise in testa un'idea bizzosa e un po' bizzarra: voleva capovolgere il significato delle parole. Insegnò quindi ai suoi alunni a comportarsi allo stesso modo. Cosí il bene diventò *male* e il *male* si trasformò in *bene*; il *bianco* divenne *nero* e la *luce* si trasformò in *buio,* tanto che ormai i suoi alunni non capivano piú niente.

Però, a quel punto, i bambini non venivano nemmeno piú a scuola, se non di domenica: gli altri erano giorni di festa, ovviamente. A lui, invece, che era un maestro istruito, spuntarono all'improvviso due enormi orecchie da asino, che facevano ridere a crepapelle i suoi vicini di casa, i quali naturalmente erano in partenza per allontanarsi da lui, come ogni buon *vicino*, diventato nel frattempo *lontano*, deve fare.

«Se rovesciamo il significato delle parole, – pensò allora, mettendo fine all'esperimento e temendo di restare, secondo il suo vocabolario, con troppa compagnia, ossia completamente solo, – cambiamo il mondo. E un mondo alla rovescia può essere divertente, ma solo una volta: a Carnevale! Altrimenti fa davvero a tutti *bene*! Anzi, *male*...»

3. IL CORRETTORE SPIRITOSO

Un giorno uno studente pigro, che commetteva molti errori di ortografia, pensò di avere risolto tutti i suoi problemi. Gli era stato regalato, infatti, un correttore automatico molto intelligente, che aggiustava gli strafalcioni ancora prima che fossero scritti.

A quel punto, lo studente, non sbagliando piú nulla, cominciò a ottenere voti altissimi. Il correttore persino migliorava temi e riassunti, modificando le parole anche quando non era necessario.

A un certo punto, le pretese del bambino aumentarono: voleva che il correttore gli scrivesse i temi, mentre lui giocava.

– No, mi chiamo correttore, – replicò brusco l’altro, sorridendo, – non scrittore. E, mentre pronunciava queste parole, pensò che fosse necessaria una bella lezione.

Cosí gli giocò uno scherzetto, alla fine dell’anno

scolastico, quando lo studente scrisse, a nome della classe, un biglietto di ringraziamento alla sua maestra.

Cara maestra, vogliamo ringraziarti. Sei la persona piú bella che abbiamo mai incontrato nella nostra vita. Nessuno della quinta B ti scorderà mai. Perciò, dal piú profondo del nostro cuore, vogliamo dirti che sei stata per noi un dono grandissimo. Ecco, dunque, per te un sacco di mele. Ti auguriamo inoltre un mare di bene.

Gigi e tutta la classe

P.S. Grazie anche per l'enorme pizza offerta l'ultimo giorno di scuola!

Tra il digitare e il consegnare, però, c'era di mezzo il mare. Anzi, le sorprese (piuttosto amare) del correttore, che si divertí a ritoccare qualche parolina. Ma l'effetto fu opposto a quello che sperava il bambino, il quale non rilesse nemmeno il testo, tanto si fidava del suo amato correttore.

Avara maestra, vogliamo giustiziarti. Sei la persona piú bulla che abbiamo mai incontrato nella nostra vita. Nessuno della quinta B ti ricorderà mai. Perciò, dal profondo del nostro cuore, vogliamo dirti che sei stata per noi un danno grandissimo. Ecco, dunque, per te un sacco di male: ti auguriamo un mare di pene.

Gigi e tutta la classe

P.S. Grazie anche per l'enorme puzza sofferta l'ultimo giorno di scuola!

Come finí questa storia? Gigi fu bocciato e, inseguito dai compagni inferociti, anch'essi bocciati come lui, dovette cambiare classe.

Quanto al correttore automatico, ottenne il suo scopo, facendo comprendere al bambino che nessuno strumento può prendere il posto del nostro cervello. Come appunto insegna questa favola e come tutti i maestri ricordano sempre ai loro allievi.

4. IL GATTINO CHE LEGGEVA UNA RIGA SÍ E UNA RIGA NO

Un maestro era preoccupato, perché, per la fretta, i suoi alunni, abituati alla velocità supersonica di videogiochi e cellulari, finivano per leggere una riga sí e una riga no, senza comprendere fino in fondo tutte le frasi.

Cosí, un giorno, narrò questa storia.

«Un gattino coltivava un grande sogno: essere onorato, almeno per una volta, proprio come un leone, il piú illustre di tutti gli animali. Chiese, perciò, consiglio alle bestiole della fattoria in cui viveva.

Un saggio gufo gli disse: – Il leone è molto generoso: se gli porterai un dono regale, ti onorerà come nemmeno potresti immaginare. Ma prima devi scoprire che cosa davvero ama.

Il gattino si mise a studiare i libri del padrone. Poiché aveva fretta, leggeva una riga sí e una riga no. Non trovò nulla. Poi si tuffò su internet e, dopo aver visitato molti siti, finalmente lesse sul sito uominioleoni.com: ... *uomini e leoni si amano; infatti, sono gli animali piú importanti, che si contendono il primato sulla Terra.*

"Che regalo piú grande può esserci che portargli un caro amico come l'uomo?" rifletté soddisfatto il gattino.

Cosí, con mille fusa, convinse il suo padrone, un bravo cacciatore, ad andare insieme nella foresta. Quando finalmente comparve il leone, il padrone gli sparò all'istante e ne portò la pelle a casa come un trofeo.

"Che strano! Quel sito spiega che leoni e uomini si amano..." rifletteva stupito l'ingenuo gattino. Quando se ne lamentò col gufo, accusandolo di avergli fornito un pessimo consiglio, il saggio gli rispose: – Hai letto tutta la frase? *Solo uno sciocco asino può affermare che leoni e uomini si amano; infatti, sono gli animali piú importanti, che si contendono il primato sulla Terra.*

Cosí, il gattino fu trattato come un somarello, non come un leone: su suggerimento del saggio gufo, la mamma, per impartirgli una lezione, lo trascinò nella stalla con un gran cappello dalle orecchie enormi; cosí, almeno, da quel giorno capí che le frasi vanno lette dalla prima all'ultima parola e che il contesto può addirittura capovolgere il senso di una frase».

5. IL LADRO CHE ESEGUIVA GLI ORDINI ALLA LETTERA

Una volta un bambino non svolse i compiti, perché il giorno prima, quando era suonata la campanella, la maestra aveva detto: «Chi non ha finito di copiare i compiti per domani, non deve svolgerli». Allora lo studente, a cui mancava solo una parola, eseguí le indicazioni alla lettera: non era in malafede, voleva solo obbedire scrupolosamente all'insegnante. La maestra, però, se ne accorse; perciò, il giorno successivo, lo volle rimproverare con delicatezza, narrando questa favola.

«Una volta due ladri stavano preparando un colpo. Uno era piuttosto intelligente, mentre l'altro era davvero uno sciocco, che non capiva nulla, ma per lo meno eseguiva perfettamente, alla lettera insomma, quanto il complice gli ordinava.

– Caro socio, – disse il ladro intelligente, dopo avere

studiato il colpo alla perfezione, – ti fornisco subito alcune istruzioni. Punto primo: nonostante molte persone siano in ferie, dovremo sudare sette camicie per portare a termine il colpo in quell'appartamento, che oltretutto è al secondo piano del palazzo. Secondo: non dobbiamo farci trovare con le mani nel sacco; al primo rumore, tagliamo la corda. Infine, dobbiamo stare molto attenti! Pertanto, acqua in bocca!

L'altro ladro disse di avere compreso tutto perfettamente.

La notte del colpo, il ladro stupido, vestito con una camicia di lino come se andasse a un pranzo di gala, si presentò con altre sei camicie di ricambio in mano.

– Sei proprio un idiota: a che ti servono quelle camicie? Lasciale a casa.

Il ladro stupido eseguí, ma pensò che il suo collega fosse proprio strano: non aveva detto che sarebbero servite sette camicie? E poi era estate e si sudava molto.

Quando la coppia arrivò al palazzo e riuscí ad arrampicarsi al secondo piano, grazie a una corda, il ladro intelligente s'intrufolò in casa, lasciando di vedetta il ladro stupido.

Tutto procedeva secondo i piani. Il ladro intelligente, infatti, cominciò a passare oro, soldi e tanti gioielli, ma a un certo punto qualcuno li scoprí e diede l'allarme.

Allora il ladro intelligente ordinò: – Tagliamo la corda!

Il ladro stupido estrasse la forbice ed eseguí: tagliò la corda con cui erano saliti. Cosí non poterono nemmeno scendere e scappare.

Quando li arrestarono, il ladro intelligente chiese al ladro stupido: – Perché non avevi messo la refurtiva nel sacco, pezzo d'asino? E perché non mi hai avvisato quando ci hanno visto? Avevi solo quel compito...

Il ladro sciocco non rispose. Non poteva proprio. Infatti, aveva eseguito alla lettera anche l'ultimo ordine e aveva la bocca piena d'acqua. Ma fu meglio cosí. Il complice non si era forse raccomandato di non farsi trovare con le mani nel sacco? Il ladro sciocco allora non aveva voluto infilare nemmeno un dito in quel sacco; perciò la refurtiva era rimasta fuori».

– Insomma, – concluse la maestra, – meglio non interpretare sempre le parole alla lettera.

6. LO STUDENTE E LA MAIUSCOLOSI ACUTA

Quando cominciò a scrivere, uno studente un po' cocciuto subito si mise in testa di usare soltanto le minuscole. Così il grande fiume Po si rimpiccioliva e diventava un po' minuscolo, il colombo che aveva scoperto l'america era un uccellino chiamato cristoforo, che però non era più considerato un nome proprio; allo stesso modo, carletto (così si chiamava il bambino) ormai non possedeva più un nome.

I suoi genitori erano piuttosto preoccupati e non riuscivano a trovare un rimedio. Un giorno, tuttavia, miracolosamente Carletto guarì da solo. Ricevuto in regalo il primo tablet, il bimbo si era, infatti, accorto che su internet molti amano scrivere le parole interamente con le maiuscole.

– Una moda interessante! – commentò.

Così, senza ragionare, prese a scrivere messaggi solo in stampatello. Poi assunse la stessa abitudine nei testi che scriveva a scuola. Insomma, CARLETTO (ora si firmava cosí, tutto in stampatello) non conosceva mezze misure.

Uno strano, stranissimo caso di misteriosa *minuscolosi,* trasformatosi all'improvviso nel suo esatto contrario: una malefica *MAIUSCOLOSI ACUTA*. Cosí, almeno, sentenziò il medico di famiglia, che in gioventú aveva studiato anche per diventare un bravo grammatico. Si trattava, insomma, di una faccenda delicata e nessun brutto voto poteva porvi rimedio.

Allora la maestra, disperata, escogitò uno stratagemma. Portò il bambino nel teatro della scuola, lo sistemò in platea e dal palcoscenico cominciò a sussurrare questa storia:

– Un pastore tedesco, pensando di disturbare i suoi padroni, di notte abbaiava sottovoce; ma vennero i ladri e lui non riuscí a svegliare il capo famiglia. Allora, poiché il pollaio fu completamente svuotato, la bestiola venne rimproverata e, per punizione, le fu levata mezza razione di cibo, perché aveva sprecato meno energia e quindi aveva meno bisogno di mangiare.

– Maestra, stai parlando sempre piú piano: alza la voce per favore! – supplicò lo scolaro.

– ALLORA, – cominciò a sbraitare la maestra, mentre, scesa in platea, si avvicinava sempre piú all'orecchio del ragazzino, – IL CANE PENSÒ CHE SE AVESSE ABBAIATO FORTE PER TUTTA LA GIORNATA, AVREBBE OTTENUTO CARNE IN MAGGIORE QUANTITÀ, FINO A SCOPPIARE. COSÍ FECE, DIVENTANDO INSOPPORTABILE PER I SUOI STESSI PADRONI; PERCIÒ, INVECE DELLA CARNE, OTTENNE UNA SEVERA PUNIZIONE.

– Basta, maestra, per favore: mi stai assordando! – scongiurò il bambino, mentre la donna gli stava urlando nell'orecchio destro.

– Quando scrivi, non puoi usare solo le maiuscole: è come se urlassi al tuo interlocutore! E nemmeno solo le minuscole, altrimenti nessuno ti capisce e non distingui ciò che è importante da ciò che non lo è. E finisci per smarrire persino il tuo nome.

– Quindi? – chiese il bambino.

– Devi trovare il giusto equilibrio, come richiede appunto l'ortografia e come sto facendo io adesso. Vedrai che cosí tutto funzionerà alla perfezione.

Lo studente finalmente guarí da quella malattia, che oggi pare davvero molto contagiosa.

7. IL BAMBINO CHE OGNI GIORNO INVENTAVA PAROLE NUOVE

– Come nascono le parole nuove? – chiese un bambino alla maestra.

– Grazie agli scrittori, all'invenzione di nuovi oggetti, alla fantasia; e a volte, persino grazie agli errori.

Da quel giorno lo scolaro s'impegnò a escogitare, senza sosta, parole nuove.

Dapprima creò *magicolla,* l'unica colla capace di unire proprio tutti, anche i nemici piú agguerriti. *Giocherelloso* era un aggettivo adatto ai cagnetti paffuti e rotondetti, un po' piú che giocherelloni; *captasogni* era un'antenna che intercettava i sogni dei bambini ancora prima che fossero espressi; a proposito di sogni, la *fantasticosi* fu pensata per quei bambini che passano tutto il giorno a sognare a occhi aperti: una malattia tutto sommato piacevole e innocua (basta non esagerare...). E il bambino? La maestra, scherzando, lo definí un *parologiaio ideoso,* perché, puntuale come un orologiaio svizzero, ogni giorno scriveva una parola nuova.

– Perché, – chiese un giorno la classe, – assegni bei voti al nostro compagno, nonostante tutti quegli errori? Di solito sei severa nel correggere sbagli e strafalcioni.

– A volte, – spiegò la maestra, – persino gli errori producono frutti inaspettati. Tante belle parole che oggi usiamo sono nate per errore. Cosí come diverse scoperte scientifiche.

– E che cosa ci può essere di buono in un errore?

– C'era una volta, – riprese la maestra, – uno scienziato tanto intelligente quanto maldestro, che stava studiando una cura contro la febbre dei cani. Era quasi arrivato all'invenzione di uno sciroppo portentoso, quando gli scivolò nella pozione un ingrediente in gran quantità. Quella medicina non avrebbe mai curato un cane, anzi, l'avrebbe di certo lasciato a terra fulminato dopo un solo minuto. D'altra parte, il tentativo maldestro fu premiato ugualmente, perché quella pozione cosí potente riusciva a guarire febbri ben peggiori: quelle da cavallo...

La classe restò a bocca aperta e ricordò anche il proverbio ripetuto spesso, a suo modo, dalla maestra: *Sbagliando, s'impara. E, imparando, si sbaglia per forza qualche volta*!

Il bambino, invece, non era mai contento.

– Voglio che le mie parole entrino nel vocabolario!

Chiamato in causa, il dizionario uscí, con calma e signorile eleganza, dall'armadio; dopo aver sorriso dolcemente, domandò: – A che servirebbe un autobus che non ha passeggeri, ma solo il conducente?

– A nulla.

– Appunto. Fai usare le tue parole nuove da tante persone e poi possiamo riparlarne...

8. LE CARAMELLE E I PUNTI ESCLAMATIVI

Quando fu inventato, il Punto esclamativo aveva l'abitudine di entrare nelle frasi una volta ogni tanto e soprattutto da solo: era già abbastanza imponente e non aveva bisogno di triplicarsi come i puntini di sospensione!

Tuttavia, nei tempi moderni, specialmente sui cellulari e sui tablet, si trovò davvero bene e si moltiplicò, tanto che oggi ne troviamo almeno tre di fila per ogni frase.

Un bambino, che si era adeguato alla moda e ne usava ben quindici per frase, destava molta preoccupazione nei genitori.

Cosí il padre architettò uno stratagemma. Un giorno regalò al figliolo un pacco intero delle piú gustose caramelle alla fragola in commercio. Gli impose solo un patto: – Ogni giorno potrai mangiare, al massimo, tante caramelle quanti saranno i punti esclamativi che scriverai.

Al bambino parve strana quella regola, ma accettò volentieri, anche perché le caramelle gli piacquero molto. Cosí, dopo qualche giorno, non riuscí piú a trattenersi né con i punti esclamativi, né con le caramelle. Avendone mangiate centocinque in un solo pomeriggio, fu colpito la sera da un fortissimo mal di pancia. Cosí gettò nel cestino il resto del pacchetto.

Allora suo padre, che lo aveva osservato in segreto, gli disse: – Figliolo, se esageriamo, anche il dono piú bello diventa un danno. Ora capisci perché, se troppe caramelle causano il mal di pancia, troppi punti esclamativi rischiano di provocare un enorme mal di testa. Ne basta uno al giorno, non di piú, per togliere gli scherzi del papà di torno.

9. PROVERBI PROPRIO PAZZI

Un professore ebbe, un giorno, un'idea che gli parve geniale: perché se *A Carnevale ogni scherzo vale*, non può essere vero anche il contrario? Occorre, insomma, stabilire un giorno dove non si può proprio scherzare e bisogna essere seri.

E cosí propose ai suoi alunni: – *A Natale nessuno scherzo vale*...

E poiché i ragazzi presero a ridere di gusto, proseguí.

– Perché si dice che *L'appetito vien mangiando*? Penso che sia vero esattamente il contrario: *L'appetito vien digiunando*. Infatti, quando digiuno, mi viene davvero molta fame, anche se io sono abituato a mangiare solo tre pere e tre grissini per pasto, colazione compresa... e poi perché *Chi la fa, l'aspetti*? Se si aspettasse una punizione, una persona ci penserebbe non due, ma dieci volte prima di giocare un brutto scherzo.

Ogni giorno il professore si presentava a scuola con un'idea nuova.

E cosí una volta entrò in aula con gli occhi che davvero gli brillavano. – Oggi ho deciso di incrociare alcuni proverbi: l'effetto è eccezionale! State ad ascoltare: *Meglio mangiare questa minestra che una gallina domani* o *Meglio un uovo oggi che saltare da questa finestra*. O ancora: *L'unione non porta pena...*

Il professore stava cominciando davvero a sragionare. Perciò i suoi alunni, prima che dicesse altre corbellerie, gli appiccicarono un bell'adesivo sulla bocca.

10. PERCHÉ LE PAROLE VOLANO, GLI SCRITTI RIMANGONO

Un tempo, appena furono create, le parole possedevano le ali, come minuscole farfalle colorate: volavano di bocca in orecchio, senza fermarsi mai. Gli uomini le ascoltavano, ma subito se ne dimenticavano; a volte, inoltre, non le capivano fino in fondo, perché le parole proprio non se ne stavano mai ferme. Cosí si creò un'enorme confusione e gli uomini finirono per non comprendere piú nulla.

– Per comunicare in modo piú efficace, – propose un giorno un anziano saggio, – proviamo a fermarle e a incollarle sulla roccia o su un papiro: vedrete che cosí ci capiremo meglio.

Da quel giorno, dopo che è stata inventata la scrittura, le parole non possono piú muoversi, quando sono scritte. Invece, le parole che sono soltanto pronunciate, inventarono uno stratagemma per non essere catturate: divennero addirittura invisibili.

Ecco, dunque, per quale motivo ancora oggi si dice che le parole volano e gli scritti rimangono (chi vuole sembrare un gran sapiente, può anche ripetere l'antica formula in latino: *Verba volant, scripta manent*).

11. DOMANDE E RISPOSTE

Un giorno le Risposte si stancarono di venire sempre dopo le Domande.

– Chi precede, – protestavano, – è sempre piú importante. E noi saremmo dunque meno importanti? Impossibile! Del resto, le Domande esistono per ottenere Risposte e non viceversa. Perciò, d'ora in poi a noi spetterà la prima posizione.

Proposero quindi di cambiare posizione: prima un'affermazione e poi una domanda collegata. Cosí fu per un po' tra gli uomini, che tuttavia cominciarono a non capire piú nulla, perché, per dispetto, a ogni risposta si associava un interrogativo sbagliato, creando un'enorme confusione.

Finché un giorno le Domande zittirono definitivamente le Risposte. – Vi abbiamo lasciato provare per un po', – dissero, – ma ognuno deve rimanere al suo posto: senza di noi, voi non avete affatto senso. E poi molte di noi sono immortali. Per esempio, noi da secoli chiediamo: perché esiste il mondo? Come è stato creato? E voi Risposte cambiate versione ogni volta, da un giorno all'altro, secondo l'umore, i tempi e addirittura il cervello di chi parla.

12. LO STUDENTE CHE NON ASCOLTAVA LE DOMANDE

Quando era interrogato, uno studente rispondeva sempre esponendo solo ciò che sapeva. Era interrogato in matematica, ma quel giorno aveva studiato l'Italia? Cominciava allora a elencare tutte le regioni e i capoluoghi. Era interrogato in grammatica e aveva studiato solo storia? Ecco, dunque, che attaccava a parlare di Napoleone. Puntualmente, tutta la classe scoppiava a ridere. Quando, poi, rimediava un brutto voto, cominciava subito a protestare, sostenendo che quanto diceva era esatto e stava stampato sul libro. Pertanto a nulla valsero le spiegazioni della

maestra, per fargli comprendere l'errore che stava commettendo.

Allora la maestra, sconsolata, lo prese in disparte e lo sottopose a un piccolo esperimento.

– Chiedimi il nome, – ordinò l'insegnante.

Il bambino, stupito, eseguí.

– Quarantadue.

Allora il bimbo pensò che la maestra stesse dando i numeri, perché sapeva bene che si chiamava Maria.

– Chiedimi l'età.

Il bimbo eseguí.

– Maria, – fu la risposta.

– Maestra, sei impazzita?

– Quanto un bambino che parla di Napoleone quando gli chiedi l'analisi grammaticale...

Lo studente arrossí e comprese che le domande sono importanti e spesso, invece di fornire risposte strampalate, è consigliabile il silenzio.

13. L'ALUNNO, LE VIRGOLE E LO ZERO

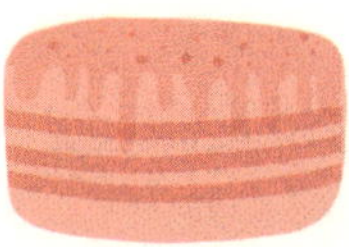

Un ragazzo aveva scritto il migliore tema della sua vita e pensava proprio di meritare un voto eccellente. Tuttavia, si era concentrato soltanto sul contenuto e sulle parole da scrivere; cosí aveva completamente dimenticato d'inserire la punteggiatura, come del resto era sua abitudine in sms e chat.

Quando furono riconsegnati i temi corretti, ecco la terribile sorpresa: un «1» invece del «10» che sperava!

– Maestro, ho dimenticato solo la punteggiatura, – protestò, – e non merito di prendere un voto cosí basso. Si sa che punti e virgole non sono poi cosí importanti. Contano, invece, le parole.

– Sí, il tema è bello e nel voto ho un tantino esagerato: lo ammetto; il fatto è che anch'io, – replicò il maestro, utilizzando il suo stesso ragionamento, – ho dimenticato un piccolo particolare: uno zero. E si sa che lo zero conta zero, ossia nulla, come le virgole, a giudicare dal tuo modo di pensare. Ma di fianco a quell'uno, avrebbe cambiato completamente il voto del tuo tema. Allo stesso modo, punti e virgole cambierebbero il senso delle frasi.

– Perché nemmeno nel tuo giudizio, allora, ci sono le virgole? Mi rimproveri e...

– Già, mi sono dimenticato anche di quelle, – sorrise beffardo l'insegnante, che spesso giocava scherzi bizzarri agli studenti, – ma ora vorrei che le mettessi tu; cosí comprenderai che una virgola fa la differenza.

Allora il ragazzo ragionò: – Se ho preso 1, il giudizio sarà: *Contenuto creativo ed eccellente, punteggiatura assente, imprecisione nella forma.* Se avessi messo anche le virgole al posto giusto, il giudizio, scritto con le stesse parole, sarebbe opposto: *Contenuto creativo ed eccellente punteggiatura, assente imprecisione nella forma.*

Da quel giorno, lo studente non dimenticò di mettere punti e virgole al loro posto, perché capí che un tema senza punteggiatura è come una torta senza zucchero: che dolce mai sarebbe?

14. IL BAMBINO CHE SCRIVEVA SEMPRE LO STESSO TEMA

Dopo avere ottenuto per la prima volta un bel «10», un bambino scriveva ogni volta lo stesso tema sul suo cagnetto Bill.

Era assegnata una pagina di diario sulle vacanze? Lui ripeteva, parola per parola, lo stesso tema sul cagnetto. Una lettera a un amico sulla sua famiglia? Il bambino si soffermava ancora su Bill.

Quando, invece di un «10», cominciò a ritrovarsi una sfilza di «4», protestò indispettito.

– Non merito voti opposti, – reclamava sempre, – se il tema è sempre lo stesso.

La maestra spiegò la situazione, piuttosto preoccupante, alla mamma del bambino, a cui venne subito un'idea.

Cominciò a preparargli per tre volte al giorno, prima colazione compresa, gli stessi spaghetti alla carbonara che tanto gli erano piaciuti la sera prima.

Dopo tre giorni, il bambino supplicò la mamma di cambiare menu.

– Non ti erano piaciuti tanto? – chiese la mamma.

– Sí, ma non posso mangiarli sempre: altrimenti mi sentirò male. E che c'entrano, poi, gli spaghetti con la colazione?

– Lo stesso vale per i temi. Devi cambiare argomento, altrimenti anche alla maestra verrà l'indigestione, ma di parole...

15. GLI STUDENTI CHE NON COMPLETAVANO MAI I COMPITI

C'era una classe di bambini molto intelligenti, che avevano tuttavia un difetto: erano un po' pigri, perciò non completavano le frasi e, in generale, non finivano mai alcun compito. Temi, riassunti e altre verifiche erano ben svolti, ma venivano sempre lasciati a metà.

Allora il maestro decise di impartire ai suoi alunni una bella lezione.

– Vi racconterò, – disse, – la piú bella favola che sia mai stata narrata. Un giorno un topolino, una scimmietta e un cammello partirono per un lungo viaggio verso una regione governata da un mago che trasformava i libri in gelati: alla meta li attendevano sette incredibili avventure. Arrivati a metà strada...

All'improvviso, il maestro si arrestò, fingendo di non ricordarsi piú nulla. Allora gli studenti, ormai incuriositi,

cominciarono a protestare: se davvero era la favola piú bella mai inventata, volevano ascoltarla tutta e conoscerne il finale!

– Maestro, ce l'hai promesso! Ci hai mentito, non è giusto! – reclamarono.

– Ecco, finalmente lo capite: se non finite ciò che avete cominciato, assomigliate a chi non mantiene ciò che ha promesso. E non c'è niente di peggio di una promessa delusa: un inizio senza una conclusione non troverà mai il suo senso.

Gli studenti compresero il loro errore, mentre il maestro completò la frase e poi tutta la favola, che oggi nessuno piú ricorda. Da quel giorno, comunque, tutti quei bambini si sforzarono di scrivere i temi fino in fondo.

16. L'ERBA VOGLIO, I DESIDERI E IL CONGIUNTIVO DEL RE

Poco prima di morire, un viandante, che si presentava ovunque come mago, raggiunse il regno di un sovrano presuntuoso ed egoista. In cambio di una sobria ospitalità, il mago gli donò un'erba magica, a forma di «V», in grado di realizzare qualsiasi desiderio; aggiunse, però, che i desideri si sarebbero avverati solo se formulati con le parole giuste...

Prima ancora di terminare la frase, il viandante spirò.

Allora il re mandò subito i suoi giardinieri a piantare quell'erba, con tutte le cure necessarie, nel suo immenso giardino. A quel punto, il sovrano, impaziente, cominciò a formulare tanti desideri, facendo molti errori di grammatica, tanto che il suo anziano precettore si mise le mani negli ultimi capelli che ancora possedeva.

– Voglio che il mio castello diventa piú grande! – urlò severo, come ogni buon re dovrebbe fare.

E il castello rimpicciolí.

– Voglio che la mia corona si arricchisce ogni giorno di pietre preziose!

E quella, invece, si riempí di concime puzzolente.

– Voglio che il mio cavallo vince tutte le gare!

E l'equino decise di percorrere la pista al contrario, non arrivando nemmeno ultimo, dal momento che fu squalificato.

I desideri non si realizzavano affatto, anzi, tutto andava all'opposto di quanto il re sperava. Non solo: l'erba non cresceva piú, perché solo le parole giuste potevano alimentarla.

Cosí il sovrano pensò: «Se i desideri non si realizzano per me, non dovranno realizzarsi piú per nessuno».

Proprio quando stava per distruggere tutta quell'erba, gli apparve in sogno il mago, che lo ammoní: «Hai commesso due errori, caro re: l'erba non si chiama *Voglio* ma *Vorrei* e funziona soltanto se la condividi con gli altri. Inoltre, se tu non sai distinguere un desiderio da un ordine e non sai usare i verbi al condizionale e al congiuntivo, come ti ha insegnato il tuo precettore, ciò che speri non si realizzerà mai».

«Ogni mio desiderio è un ordine: sono un re!» esclamò sorpreso il sovrano.

«Allora continua cosí» lo irrise il mago in sogno, prima di scomparire.

A quel punto il re, triste, provò a cambiare strategia.

– Vorrei che il mio castello diventasse piú grande per accogliere i bambini poveri! – provò a sussurrare, quasi intimidito.

– Vorrei che la mia corona si arricchisse ogni giorno di pietre preziose da donare ai miei sudditi.

– Vorrei che il mio cavallo vincesse tutte le gare, in modo da rendere felice il mio popolo.

Cosí i tre desideri si realizzarono e l'erba magica tornò a crescere in quel regno lontano.

17. IL REGALO PIÚ BELLO

Tanto tempo fa, i bambini, stanchi di studiare i verbi, specialmente il congiuntivo, decisero di scrivere una lettera a Babbo Natale: tutti la stessa.

Caro Babbo Natale, quest'anno abbiamo un solo desiderio: vorremmo che tu abolissi il congiuntivo.

Grazie e a presto!

Babbo Natale, fregandosi la barba, subito li accontentò.

Il Natale successivo, tuttavia, quando i bambini tornarono a scrivere la loro lettera, all'improvviso si bloccarono.

Caro Babbo Natale, quest'anno vorremmo che tu ci regal...

Provarono con l'indicativo e poi addirittura con l'imperativo: *Portaci...*

Ma cosí poca cortesia non funzionò. Senza congiuntivo, insomma, non si potevano piú esprimere correttamente i desideri. Pertanto non sarebbero arrivati i regali: proprio nessun dono per quell'anno!

E poi – scoprirono – nemmeno si potevano esprimere per bene le emozioni, come le speranze, e le opinioni. E che cos'è un mondo senza desideri e senza speranze?

Tuttavia, nella sua generosità, Babbo Natale, leggendo nei loro cuori, quell'anno riconsegnò il congiuntivo. Fu davvero un dono gradito, al punto che oggi nessun bambino si sognerebbe di non studiarlo o di chiederne di nuovo l'abolizione. E cosí tornarono finalmente speranze, desideri, e soprattutto tantissimi regali.

18. IL MAESTRO PASTICCIONE CHE NON SAPEVA SCRIVERE UNA «O» CON UN BICCHIERE

Un tempo le lettere erano scritte con l'aiuto degli oggetti, perché l'uomo, appena le inventò, dovette fare molto esercizio per imparare a scrivere l'alfabeto e insegnarlo poi ai bambini.

Cosí la «I» veniva realizzata con un righello, la «V» e la «L» erano scritte con una squadra, la «P» con un righello e un compasso.

I maestri appresero in tal modo l'arte dell'alfabeto e la insegnarono a tutti.

C'era una volta un maestro pasticcione, che proprio non riusciva a combinare niente di buono. Invece della «I» finiva per scrivere una «R», invece della «P» una «T»; quanto alla «O», gli scivolava sempre la puntina del compasso... e ne usciva una buffa «G».

Gli suggerí allora un amico: – Prova almeno a scrivere una «O» con l'aiuto di un bicchiere: sta piú fermo del compasso; vedrai che sarà piú semplice, ci riuscirebbe anche un bambino...

Il maestro pasticcione provò e riprovò, ma riuscí a scrivere tutte le lettere dell'alfabeto, eccetto la «O»!

– Mi permetto di darti un consiglio, – gli suggerí infine l'amico. – Cambia mestiere: se non sai fare una «O» con un bicchiere, tu sei proprio un somarello, non certo un maestro modello...

Cosí, da quel giorno, si ripete spesso, presso gli uomini, quel celebre modo di dire: *Non saper fare una «O» con un bicchiere.*

19. IL TRADUTTORE (FALSO) AMICO

Un ragazzo, molto intelligente ma svogliato, non studiava l'inglese, ma si affidava sempre a un traduttore automatico, che un giorno volle giocargli uno scherzetto, per impartirgli una bella lezione.

La consegna dell'esercizio invitava a tradurre questa frase: *In this cartoon, the bull and the ostrich are brave, of course.*

Allora, approfittando del suono delle parole, il malandrino lo trasse in inganno, suggerendo la seguente traduzione: *Dentro questa scatola di cartone, il bullo e l'ostrica sono bravi ad andare di corsa* (invece della traduzione corretta: *In questo cartone animato, il toro e lo struzzo sono coraggiosi, naturalmente*).

Lo studente andò a scuola tutto soddisfatto, pregustando ottimi voti. Ma quando vide quel compito, il professore d'inglese, un signore distinto, molto severo e di poche parole, lo fissò e gli disse con disprezzo che era veramente «coraggioso» a presentarsi con quella traduzione.

– *You are brave!* – esclamò, aggrottando le sopracciglia.

Il ragazzo, che non aveva capito nulla come sempre, sorrise soddisfatto; pensava, infatti, che fosse un grande onore sentirsi dire un bel «bravo» da quell'insegnante cosí arcigno. E, tontolone com'era, non si accorse che l'espressione del volto non corrispondeva affatto alle parole.

– *You are annoying me,* – si spazientí il professore, davvero «irritato» di fronte a quel sorriso fuori luogo.

«Lo sto annoiando? – si chiese il ragazzo. – Allora mi esibirò in un piccolo spettacolo...» Salí sul banco e cominciò a cantare in giapponese.

La storia finí piuttosto male per lo studente, che rimediò cosí, oltre a un «4», anche una bella nota sul registro elettronico.

Quando il traduttore gli rivelò il vero significato delle parole, il ragazzo pensò che da quel giorno doveva proprio arrangiarsi, mettendosi finalmente a studiare. Senza confidare nei «falsi amici», come quel tiranno di un tremendo traduttore e quelle bizzarre e bizzose parole, che significano il contrario di quanto danno a credere.

営み
の街
れたら
色めき
ABC

20. PERCHÉ LE LETTERE POSSONO CAMBIARE LA REALTÀ

– Noi lettere possiamo cambiare la realtà! – esclamarono in coro.

Ma tutti le deridevano. – Siete solo minuscoli segni senza senso, – dicevano.

Era soprattutto una capra sdentata, con la figliola, una capretta piuttosto stupida, a ridere sguaiatamente. E le due non riuscivano proprio a fermarsi.

Allora le lettere dell'alfabeto decisero di impartire a mamma e figlia una bella lezione: si scambiarono di posto ed ecco che la *capra* divenne una *carpa*: un pesce, ma un pesce fuor d'acqua, che rischiava di morire, se le lettere, impietosite, non l'avessero gettata nel fiume piú vicino. E la *capretta*? Si ritrovò sul tavolo della segretaria di una scuola: come per magia, il solo spostamento di una lettera aveva fatto sí che diventasse una *carpetta,* in cui erano riposte le pagelle dei bambini.

21. AMICIZIE DIFFICILI

C'erano una volta alcune lettere capricciose. Erano vocali, le lettere piú nobili, e volevano tenere alla larga le consonanti.

Il capo era «IO», campione di egoismo, che parlava sempre di se stesso.

– «IO» non voglio stare con le consonanti, «IO» sto bene da solo, «IO»...

Allora lo imitarono anche «AIA», l'articolo «I» e «O», che, contrariamente alla sua qualifica di *congiunzione*, ama separare, non unire.

Cosí quelle parole rimasero sempre piccole piccole, senza crescere mai, proprio come chi non vuol fare amicizia con nessuno. Aprendosi agli altri, invece, potrebbe crescere molto e raggiungere risultati straordinari.

– Come noi, – dissero la «O» e la «I» degli *occhi*,

– che un tempo eravamo cieche e oggi, stringendo amicizia con «H», che pure è muta, e due «C», vediamo tutta la bellezza del mondo. E se per qualche motivo non riusciamo a veder bene, aggiungiamo le «ALI». E con gli *occhiali* la nostra vista torna a volare.

22. LE LETTERE INFELICI E L'APOSTROFO

Ci fu un tempo in cui le lettere dell'alfabeto divennero tristi, cosí tristi che nessuna voleva piú svolgere il proprio lavoro nelle parole degli uomini. Cominciò la «O» a ritenersi sovrappeso, al punto che si mise a dieta, ma poi rischiava di diventare sottile come uno zero, a cui un po' assomiglia («O» e «0» non sono cosí differenti: non trovate?). La «I», al contrario, pensò di essere una specie di goffo grissino. La «A» voleva vivere tranquilla e invece era sempre al centro dell'attenzione, essendo la prima lettera dell'alfabeto, mentre la «Z», al contrario, si lamentava in continuazione, perché era l'ultima della serie e voleva diventare la prima.

Cosí la saggia «S» osservò: – Consolatevi, come faccio io: quando sono triste, ricordandomi di essere l'iniziale di quel malvagio del serpente, mi guardo attorno e noto che c'è sempre qualcuno che sta peggio! Per esempio, mi consolo

quando osservo quel piccolo apostrofo, che tutti i bambini si sbagliano a scrivere ed è usato come nostro supplente, quando noi lettere riposiamo.

Tutte le lettere si girarono verso l'apostrofo e si sentirono sollevate, mentre lui, triste com'era, nemmeno aveva ascoltato quella discussione. Allora lo interrogarono sulla sua vita e l'apostrofo rispose: – Io sono un cerottino e sostituisco per mille ragioni le lettere quando c'è un taglietto. Dove passo io, cade qualcosa; perciò non godo di una buona fama. Dove c'è molto, resta poco; e dove c'è *poco*, resta solo un *po'*... ossia mezza parola (quasi niente).

23. L'AMICIZIA TRA «H», «A» E «O»

Poiché, come spiegano le favole precedenti, «H», «A» e «O» erano molto tristi, le altre lettere un po' le deridevano.

Un giorno si dissero: – Certo, se stiamo sole, saremo sempre infelici. Se però facciamo amicizia almeno tra di noi...

Cosí «H» cominciò a consolare «O» con buffe espressioni del viso, visto che era muta, mentre «O» si gonfiava come una ranocchia: le sue risate erano contagiose. Si trovarono, insomma, simpatiche.

– Adesso, – concordarono, – possediamo qualcosa, anzi, la cosa piú importante: l'amicizia.

Non a caso, da allora «HO» divenne, al presente indicativo, la prima voce di «avere», verbo che abbraccia tanti nomi, mentre «O» senz'acca restò sola e infelice, tanto che ancora oggi è una congiunzione strana, che sa solo separare. Lo stesso propose «H» a «I» e ad «A»; cosí divennero altre due voci del verbo avere: «HAI» e «HA», la seconda e la terza.

Quando le altre lettere scoprirono tutto, allora, imitando il loro stupore, «H», «A» e «O» cambiarono di posizione: «AH» e «OH» divennero cosí le esclamazioni della meraviglia.

24. LA LETTERA MIGRANTE

Dopo un lungo viaggio, la «Y» bussò alle porte dell'alfabeto italiano. Era magra come uno stecchino, con due braccine esili sempre tese verso l'alto, come per implorare una piccola elemosina, e non venne accolta bene.

– I greca, tornatene al tuo Paese: noi siamo già in troppe, – le risposero le lettere dell'alfabeto.

– Non chiedo molto, – balbettò timidamente la «Y», e si mise in un angolino.

In effetti, per un bel pezzo nessuno la volle: nemmeno il dizionario subito accettò di accoglierla, eppure lei chiedeva solo una paginetta, non cinquanta come «A» o «M».

Poiché era una signorina dai modi educati e si adattò alle esigenze delle altre lettere dell'alfabeto, dimostrò, poco alla volta, di non essere del tutto inutile.

Presero cosí vita tante parole nuove e interessanti: gli *yogurt* piú gustosi; lo *yoga*, lo *yo-yo* o il *pony*, amico dei bambini.

– Insieme creiamo parole nuove, – esclamò un giorno la «S», fra tutte la lettera piú saggia, – che un tempo proprio non potevamo nemmeno immaginare.

E cosí «Y» finalmente ottenne la cittadinanza, con tanto di certificato, nel nostro alfabeto.

Ah, poi, quando fu finalmente ben accetta, ebbe un'idea brillante! Con la sua cugina «J» creò una bella parola, adatta a ogni situazione: *jolly*, che tutti usiamo quando ci sfidiamo a carte o ai giochi di società.

25. LA «Q» CHE MISE A SOQQUADRO L'ALFABETO

La «Q», lettera nobile ma dotata di un gran caratteraccio, è sempre stata piuttosto originale: non è mai andata d'accordo con nessuno, nemmeno con se stessa. Allora tutte le altre lettere dell'alfabeto cercarono di trovarle un'amica. Finalmente, un giorno trovarono la sua anima gemella: la «U», meno socievole delle altre vocali, che invece di solito troviamo dappertutto. Da allora «Q» e «U» sono inseparabili, e dove c'è una «Q», ecco che troverete l'immancabile «U».

– Ma almeno una volta, devi andare d'accordo anche con te stessa, – suggerirono in coro le altre lettere alla «Q».

Lei, che era molto permalosa, per reazione a quella critica s'infuriò al punto da mettere a soqquadro l'alfabeto. A causa del suo caratteraccio, da allora le altre lettere non hanno piú osato consigliarle niente. Ecco perché *soqquadro* oggi è l'unica parola del vocabolario che deve essere rigorosamente scritta con la doppia *q*.

26. LA NASCITA DELLE DOPPIE

Quando le lettere andarono a formare le parole, erano piuttosto perplesse.

– Cosí, mescolandoci, ci confonderemo e perderemo la nostra libertà, – protestarono le nobili vocali.

– Ma insieme, – replicarono le consonanti, – formeremo tante belle parole, mentre ora, da sole, possiamo formarne al massimo una. Suvvia, non bisogna essere egoisti come «E» o avari come «A», o odiosi come «O», o invidiosi come «I» o...

– Ho una soluzione, – suggerí la saggia «S», – per distinguerci in mezzo alle altre lettere, ogni tanto possiamo raddoppiarci; cosí alcune parole potranno essere distinte da altre simili, come *casa* e *cassa*. Attenzione, però: all'inizio di parola non sarà necessario raddoppiarci, perché in quel caso saremo già abbastanza in evidenza.

A quasi tutti parve un buon compromesso. «H», tuttavia, non era d'accordo: essendo muta, non disse nulla, ma oggi non raddoppia mai.

Ah, quanto alle vocali, presuntuose come sono, pensarono di non avere bisogno di quel trucchetto. Ancora oggi, non vogliono essere doppie nemmeno se s'incontrano in parole diverse, tanto sono difficili di gusti. Perciò, per esempio, non scrivere *lo orso*, ma *l'orso*, altrimenti ti rincorre inferocito...

27. LA DIFFICILE AMICIZIA DI «A» E «Z»

A un bambino presuntuoso, che non voleva avere a che fare con gli altri, e specialmente con gli stranieri, la maestra spiegò che a volte possiamo trovarci piú vicini proprio a quelli che ci sembrano piú lontani.

– Un tempo, – raccontò, al termine di una lezione, – «A» e «Z» si detestavano, perché pensavano di essere molto lontane e non volevano proprio far parte delle stesse parole. Poi una volta, al termine di un racconto molto romantico, uno scrittore poteva aiutare i suoi protagonisti, due giovani sposi innamorati, soltanto con una *zattera* che li avrebbe salvati dalle impetuose correnti di un fiume. Dopo molte resistenze, poiché le altre lettere minacciavano altrimenti di espellerle dall'alfabeto, «A» e «Z» si rassegnarono, pur storcendo il naso, a essere scritte non solo nella stessa parola, ma addirittura attaccate. Cosí quel racconto ebbe un lieto fine, mentre le due lettere divennero buone amiche.

– Voi fate parte dello stesso libro, – aggiunse lo scrittore. – Che cosa sarebbe un libro senza la fine o senza l'inizio? Anche se sono distanti, solo insieme hanno un significato.

Cosí il bambino imparò a rispettare tutti.

28. LA DIETA DELLO ZERO E LA SUA AMICIZIA CON «H»

 – Un tempo lo zero era meno sottile di adesso, anzi, proprio come la «O» era rotondo e spesso... – raccontò in rima una sera, prima della buonanotte, la saggia «S».

– E che cosa successe? – chiesero in coro, curiosi, tutti gli altri numeri.

– Si mise in dieta dimagrante, – rispose lei, – per diventare piú pimpante. E con un po' d'impegno riuscí a realizzare il suo disegno. Ma deve stare attento al cenone, soprattutto quello di Natale, per evitare l'indigestione e trovarsi poi all'ospedale. Certo, lí potrà essere curato, ma intanto come «O» sarà di nuovo diventato...

Tutte le cifre ammutolirono all'istante.

– Ecco perché lo zero, – concluse «S», tra lo stupore generale, mentre fuori imperversava un forte temporale, – a forza di stare a dieta per davvero, ormai non indica alcuna quantità: per lui quella è la felicità...

«S» dimenticò, tuttavia, un dettaglio della storia. Fu cosí che «o» divenne il migliore amico di «H»: i maestri non spiegano ancora oggi, quando assegnano uno zero ai loro alunni, che gli studenti non hanno proprio capito un'acca di quanto hanno studiato?

29. LO SCIOPERO CONTRO LA PENNA ROSSA

Ci fu un tempo in cui la penna rossa godeva di una pessima fama: c'era chi la accusava di essere pedante, perché correggeva sempre tutti; chi sosteneva che fosse una ladra, perché (diceva una I) le toglieva sempre il cappellino che le mettevano i bambini, segnando il puntino sulle maiuscola.

– A noi taglia persino la testa, – protestarono alcune lettere maiuscole, costrette a tornare minuscole.

Cosí fu indetto uno sciopero generale: nessuna lettera avrebbe piú accettato di essere scritta o corretta in rosso!

Da quel giorno i quaderni degli alunni cominciarono a riempirsi di strafalcioni e nessuno imparava piú a scrivere correttamente.

– Scusate, – spiegò alle lettere la penna, – la colpa non è mia, ma della maestra che mi manovra a suo piacimento.

Cosí, invece di risolvere la situazione, la penna rossa,

Cara
volevo
e
h
ha
solo
ti

che era una signora elegante ma un po' ingenua, peggiorò le cose. Infatti, pur perdonandola, le lettere decisero di continuare lo sciopero e di non essere scritte piú nemmeno in blu o in nero.

Allora, comprendendo la gravità della situazione, una saggia maestra le supplicò cosí: – Carissime, non vi correggo per farvi un dispetto, ma per rendervi onore. Se diventate incomprensibili, sarete dimenticate: i veri colpevoli sono i ragazzini che non studiano e non vi onorano. Correggendo voi, in realtà, correggiamo gli studenti. Non per dispetto, bensí per il vostro bene.

Allora le lettere si sentirono di nuovo amate e tornarono all'opera, anche perché un dubbio terribile le assalí.

– E se, a forza di non lavorare, – diede l'allarme la saggia «S», – qualcuno proponesse di sostituirci con gli antichi geroglifici?

30. PERCHÉ «N» NON VUOLE MAI INCONTRARE «P» E «B»

Una «B» si aggirava per le colonne di un tema ostentando il suo petto gonfio e raddoppiato: – Tutti mi considerano una grande lettera, dal momento che sono l'iniziale di *BENE* e di *BONTÀ* –. E ogni volta che veniva scritta, non voleva proprio saperne di rimpicciolirsi, neanche quando non veniva dopo un punto. Quella «B» pretendeva di essere sempre, invariabilmente maiuscola.

Il tema era perfetto, ma, a causa della superbia della «B» sempre maiuscola, invece che un «10» lo studente rimediò un brutto «4».

Allora una piccola «n», che amava negare sempre tutto, essendo l'iniziale di *no, non* e *nemmeno*, s'indignò: – Tu non sei una grande lettera, ma solo una lettera grande, che con un colpo di penna del maestro diventa piccola: perde una delle due pance e cosí da «B» si trasforma in «b». E, del resto, non sei anche l'iniziale di *bulli* e di *bruttezza*?

– Stai zitta, – le replicò seccata «B», che chiamò anche la cugina «P» come rinforzo per impartirle una bella lezione, – tu che sei l'iniziale di *nulla*, la parola che meglio ti rappresenta.

Scoppiò cosí una lite furibonda, che ancora oggi causa serie conseguenze.

– Dite che sono una piccola lettera e invece sono solo una lettera piccola, che sa quando alzarsi in piedi e diventare una «N» grande... Ecco, ho deciso: quando t'incontrerò, cambierò marciapiede, – concluse «n».

Ecco perché da quel giorno, davanti a «P» e «B», troviamo sempre «M» e mai «N», grande o piccola che sia. E chissà quando decideranno di riappacificarsi!

31. UN GROSSO GUAIO NEL VOCABOLARIO

Un giorno, visto che nessuno voleva leggere piú nulla e non si sforzava di trovare le parole piú appropriate, dal vocabolario cominciarono a essere escluse le parole meno moderne. Poi toccò alle parole che suonavano male. Quindi, fu la volta delle parole piú gentili, sopraffatte da quelle prepotenti, che le accusarono di essere inutilmente sdolcinate. Cosí, poco alla volta, a un certo punto quasi nessuna parola sembrava piú degna di essere pronunciata o scritta, e il dizionario divenne grande quanto un giornalino per bambini. Erano ormai piú numerose le parole escluse dal vocabolario che quelle presenti!

A un certo punto rimasero soltanto le parolacce e l'ultimo scrittore che era rimasto sulla Terra, ormai senza lavoro, avvertí gli uomini dell'allarme che si era diffuso nel vocabolario: – Se andiamo avanti di questo passo,

torneremo ai versi dell'uomo primitivo. Il nostro vocabolario è un grande mosaico; anche le tesserine piú piccole e quelle magari impolverate dal tempo vanno salvate, come fiorellini preziosi. Altrimenti, non riusciremo piú a descrivere tutta la bellezza del mondo.

Cosí tutte le parole furono richiamate a svolgere il loro antico, splendido mestiere.

32. QUANDO FURONO CREATE LE SILLABE: LA SAGGEZZA DELLA «S»

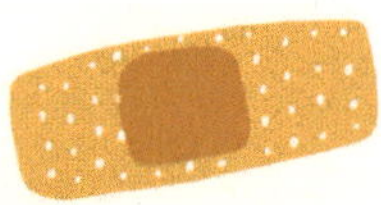

Dopo essersi unite in parole, le lettere non volevano piú staccarsi. Tuttavia, i bambini dovevano pur andare a capo sui loro quaderni. Come distinguere, poi, senza divisione di parole, *la menta* e *lamenta, lodo* da *lo do*?

Cosí tutti gli uomini supplicarono le parole: – Dividetevi in due, tre o quattro parti, per favore: se potremo, comunque, vi terremo sempre unite.

Le lettere, però, amavano stare insieme e non volevano obbedire.

Allora un grammatico, che aveva affilato una lunga accetta, si fregò le mani e disse: – O con le buone o con le cattive, adesso dovete proprio dividervi, mie care lettere.

Ma nulla. Nemmeno lui vollero ascoltare.

«Toccherà prima alle consonanti» pensarono le vocali, piú nobili e antiche.

«Toccherà prima alle vocali: vogliono sempre la precedenza» si dissero le consonanti.

Insomma, nessuna lettera voleva staccarsi dalla sillaba precedente. Nessuna, tranne «S», come sempre la piú saggia, che si offrí volontaria.

Allora il grammatico, spietato, cominciò ad affettare le parole con l'accetta, senza distinzioni tra vocali e consonanti. E la lettera tagliata patí un gran dolore, tanto che s'appiccicò almeno un trattino come cerotto. Per esempio, le «O» di *do-lo-re* strillarono impazzite. Le «I» di *vi-gi-le* si lamentarono per qualche secolo, ghignando come iene furiose. Invece «S», staccandosi per prima dalle sillabe che la precedevano, batté tutti sul tempo: cosí, per esempio, in *co-sto* o in *so-sti-tu-to* il dolore fu solo della «O». Ecco, dunque, perché la «S», quando si va a capo, preferisce attaccarsi alla sillaba successiva.

Quanto alle doppie, pur volendosi cosí bene, non potevano pretendere di restare attaccate. E l'accetta del grammatico le tagliò proprio a metà.

33. LE PAROLE INVENTATE DAGLI ANIMALI

Un tempo, tutti gli esseri viventi possedevano il dono della parola. Anzi, piante e animali cominciarono a divertirsi parecchio e non conoscevano affatto il silenzio. Parlavano anche mentre dormivano, al punto che procurarono a Zeus un terribile mal di testa. Pensate che confusione sulla Terra!

Nonostante gli inviti a tacere, pochi lo ascoltavano; cosí un giorno, senza avvertire, il padre degli dèi prese una decisione terribile: tolse improvvisamente la parola agli animali, gli esseri piú rumorosi. Ognuno sarebbe stato costretto a ripetere sempre ciò che stava pronunciando in quel momento.

Perciò, ancora oggi, ogni animale ripete una sola parola, ma a metà: quando Zeus li puní, infatti, la pecora *beeelava,* la mucca *muuuggiva,* il lupo *uuululava.*

E l'uomo?

Fu l'unico ad apprendere per tempo la lezione e si salvò. Proprio il giorno prima della punizione, aveva deciso che almeno di notte se ne sarebbe stato zitto, per non essere anch'egli castigato da Zeus. Cosí, per ricordarsene, mantenne le ultime parole pronunciate dagli animali, in modo da non incorrere mai nel loro fatale errore. Ecco perché ancora oggi usiamo parole tanto strane, simili ai versi di ogni bestiola.

Quanto alle piante, sempre un po' timide e paurose, si spaventarono moltissimo al primo richiamo di Zeus; cosí, dopo il castigo inflitto agli animali, cominciarono a sussurrare solo al vento, quando, sibilando, le accarezza.

34. I TRE CONSIGLI DEL GUFO

– Io uso sempre le parole giuste, – si vantava un bambino, che ogni giorno imparava un termine nuovo dal vocabolario.

– Ma spesso sbagli l'ordine: il che fa una certa differenza, – lo ammoní il padre, e prese a raccontare questa storia:

«Un cagnetto pasticcione era proprio disperato: commetteva errori a ripetizione e la sua padrona lo puniva a ogni piccola mancanza. Cosí si rivolse a un saggio gufo, che sentenziò: – Tre sono i miei consigli: vai alla corte del leone e chiedi al piú alto funzionario qual è il piú gran regalo che tu possa fare alla tua padrona. Poi scrivi anche un bigliettino per dimostrarle il tuo amore: sottolinea che merita la sua fama di grossa scrittrice.

– Non so scrivere, saggio gufo, sono soltanto un cagnolino.

– Allora rivolgiti alla scimmia che scimmiotta sempre

con scioltezza l'uomo: vive a corte e potrà scrivere il tuo messaggio.

Allora il cagnetto si mise in viaggio e arrivò, dopo sette giorni e sette notti, alla corte del leone, dove incontrò un funzionario alto, tanto alto quanto sciocco: una giraffa enorme, che accarezzava il cielo con la testa.

– Giraffona, aiutami: qual è il piú gran regalo che possa fare alla mia padrona?

– Una gabbia per giraffe arraffone, non oneste come me! Non credo ci sia oggetto piú grande nel negozio della puzzola.

Tutto felice, il cagnetto andò alla bottega di una vecchia puzzola trafficona e comprò subito la gabbia.

Poi, uscendo dal negozio, s'imbatté proprio nella scimmia, che scrisse un bel bigliettino per quella scrittrice grossa della sua padrona.

Quando tornò alla villa, il regalo era appena stato recapitato, ma la padrona, appena vide il suo cane, lo sgridò ancora di piú e disse: – Prima sparisci, poi mi metti in gabbia e mi offendi? Ti credi un cane e invece hai il cervello di un asino!

Poiché il cagnetto proprio non capiva, il gufo il giorno dopo gli spiegò: – Il funzionario piú alto del re leone è la giraffa, ma è la volpe, come tutti sanno, il piú alto funzionario, ossia il piú importante consigliere del sovrano. Mentre il piú gran regalo, ossia il piú costoso, era quella penna d'oro che tanto ama la tua padrona, non la gabbia per giraffe, che invece è il regalo piú grande, ma solo per dimensione. Quanto a *scrittrice grossa* significa *grassa*, mentre *grossa scrittrice* vuol dire importante, pasticcione!

– Le parole, però, erano giuste! – protestò il cagnetto.

– L'ordine invece no! Anche tu sei sempre un cane, ma adesso sei stato messo fuori posto nella stalla. E dunque, come ti senti.

– Come un asino.

– Ecco, appunto, una parola fuori posto può far la differenza tra un cagnetto intelligente e uno sciocco asino!»

35. LE PAROLE ALLO SPECCHIO

Un giorno ci fu una gara tra Roma, Parigi e Verona per stabilire quale fosse la città dell'amore.

– Io sono la città di Romeo e Giulietta, – esclamò subito Verona, sicura della vittoria.

– Io sono la città piú romantica che esista! – protestò Parigi, ricordando che tutti gli innamorati, prima o poi, vanno a visitarla.

– Io ho il mio destino scritto nel nome: leggetemi al contrario... – se la rise Roma.

E in effetti, di fronte a uno specchio, la sorpresa fu enorme: *AMOR*.

Allora, la giuria, composta da tutte le città del mondo, le assegnò all'istante la palma della vittoria.

Quando fu chiesto a Roma come mai avesse mantenuto quel segreto per tanto tempo, lei sbuffò e disse: – Ma quale segreto! Un tempo tutte le parole erano corte: se lette al contrario, svelavano la loro identità segreta oppure restavano identiche. Poi gli uomini cominciarono a lamentarsi, perché la loro testa girava all'impazzata. Cosí mandarono gli ambasciatori dal grande Zeus, a Roma noto come Giove, che affidò l'incarico di sistemare la questione a Hermes, o Mercurio, il messaggero degli dèi. Hermes però si distrasse guardando le smorfie divertenti di un *OTTO* e di una certa *ANNA,* che volevano essere letti allo stesso modo anche davanti a uno specchio. E, distraendo il dio, riuscirono nella loro impresa. Lo stesso trucco usai io che, non a caso, sono anche definita la Città Eterna, tanto sono anziana e la so lunga.

Ecco perché alcune di quelle antiche parole sono sopravvissute anche al contrario.

36. LA REGINA DEL VOCABOLARIO

Perché oggi i ragazzi maleducati usano solo parolacce?

Ricordando le antiche favole di Esopo, in cui animali e piante cercano un re, un giorno le parole di un vocabolario si riunirono in assemblea per eleggere il loro sovrano; infatti, non avevano nessuna guida ed erano piuttosto disorientate. Persino la punteggiatura ha quel sovrano tanto piccolo e strano che si chiama *Punto*.

– Ci sono già io! – protestò, davvero indispettito, *Re*, che regnava ovunque, ma non nel vocabolario.

Osservò, però, saggiamente *Proverbio*: – *L'abito non fa il monaco*. E poi, vedi che bravo e potente re è il Punto, anche se è cosí piccolo: spesso *L'apparenza inganna*...

Cosí *Re*, offeso, se ne ritornò al suo posto e cominciò a cantare per consolarsi, tanto che è diventato anche una nota musicale.

– Chi si offre? – chiese *Domanda,* che interroga sempre tutti su tutto.

– Io, naturalmente, – rispose *Io.*

– Saresti un re egoista, che pensa sempre e solo a se stesso, – lo zittí *Sapiente.*

– Non sarà che dici cosí perché desideri essere tu il nostro sovrano? – insinuò *Dubbio,* sempre sospettoso.

– Ci mancherebbe: ho impegni piú importanti... – replicò *Sapiente,* che, offeso, se ne andò.

Lo imitarono tutte le parole piú onorevoli, vedendo quale piega stava prendendo la conversazione.

Cosí, alla fine, tutte le parole belle se ne andarono e rimase solo quella sfaticata di *Parolaccia,* che nessuno, a quei tempi, voleva pronunciare. Cosí diventò regina e cambiò tutti i costumi del vocabolario, facendo mille figlioli, giorno dopo giorno. Ecco perché tanti ragazzi oggi non conoscono né le buone maniere, né le belle parole e parlano come maleducati, mentre i loro nonni sí che usano soltanto i vocaboli piú dolci, soprattutto con i nipoti, perché ai loro tempi non regnava ancora *Parolaccia.*

37. RIVOLUZIONE NEL VOCABOLARIO

Un giorno, in un antico vocabolario, *Rivoluzione* ebbe un'idea bizzarra.

– Non è giusto che siamo confinate in un anonimo ordine alfabetico: ognuno deve mettersi dove preferisce! – esclamò.

– Già, – aggiunse *Fine,* – che senso ha che io sia collocata prima d'*Inizio*? L'ordine alfabetico mente e camuffa la mia vera identità.

– E che dovrei dire io, – incalzò *Oro,* tutto superbo, – che con la mia pregiata nobiltà sono messo vicino a *Orina* puzzolente?

Cosí in quel vocabolario si creò una gran confusione e tutte le parole, per un motivo o per un altro, vollero cambiare posizione, al punto che diventò impossibile consultarlo e non serviva piú a nulla.

Pertanto, siccome tutti i lettori se ne lamentavano,

un giorno il bibliotecario decise di gettarlo nel cestino, per far posto a dizionari nuovi e piú efficienti.

– Ahinoi, – si lamentarono allora le parole di quel dizionario, – ci meritiamo questa fine: dovevamo chiedere consiglio a quel libro messo per sbaglio sul nostro scaffale. Siccome era stanco di essere da secoli nella stessa posizione, era stato accontentato da un bambino un po' sbadato, che l'aveva sistemato fuori posto. E siccome la biblioteca è di tre trilioni di volumi, lo stanno cercando da vent'anni e ormai non serve piú a nessuno.

38. I TRE CAVALLI E IL PASSATO SCRITTO NELLE PAROLE

Dentro le parole stanno scritte storie incredibili. Chi ricorda oggi che il cavallo, l'ippogrifo e l'ippopotamo sono antichi parenti?

In origine c'erano sulla Terra solo tre cavalli, tanto nobili e maestosi che Zeus volle premiarli esaudendo un loro desiderio.

– Io vorrei volare, – disse il primo.

– Io vorrei stare sempre nell'acqua, – intervenne il secondo.

– Io desidero vivere sulla terra, – affermò il terzo, – ma con poteri speciali!

Il padre degli dèi acconsentí, nonostante il cavallo fosse il primo animale che voleva vivere tutte e tre le dimensioni, di terra, di acqua e di aria.

«Però, – meditava tra sé, – dovranno meritarsi questo premio, altrimenti saranno puniti».

E cosí fece: il primo cavallo divenne un ippogrifo (un incrocio tra un cavallo e un grifone, con testa e ali di aquila), il secondo un ippopotamo (che in greco antico significa appunto «cavallo di fiume»), il terzo un valoroso purosangue di terra, a cui fu attribuito non solo il dono della preveggenza, ma anche un destino da glorioso guerriero, a fianco dei piú grandi eroi.

Accadde tuttavia che l'ippogrifo, invidioso dell'aquila, voleva sostituirla come re dei cieli; cosí si mise a fissare il sole proprio come fanno le aquile.

«Se riuscirò in questa valorosa impresa, potrò prenderle il posto» pensava tra sé.

Zeus, però, non apprezzò tanta superbia, anche perché l'aquila è un uccello a lui sacro. – Ippogrifo presuntuoso, – decretò, – a causa della tua incontenibile ambizione sarai punito e, poiché ami tanto il sole, diventerai un girasole, a perenne memoria di questa tua sconsiderata azione. Nei libri sarai ricordato come un animale fantastico e non esisterai piú nella realtà.

L'ippopotamo si trovò bene nell'acqua, tanto che non si muoveva piú: se ne stava a pancia all'aria tutti i giorni, indegno dei doveri di un buon cavallo.

– Tu solo nel nome ricorderai l'antica condizione, – tuonò Zeus, sdegnato. – Non correrai piú velocemente come un buon cavallo e ti gonfierai a vista d'occhio –. E cosí quel cavallo divenne subito un ippopotamo, come oggi lo conosciamo.

Quanto al terzo cavallo, quello con i piedi ben piantati a terra, ebbe da Zeus i doni promessi, ma con il tempo montò in superbia e voleva addirittura diventare un dio. Perciò, per quanto a malincuore, pensando infine che i cavalli non erano, come supponeva all'inizio, le migliori creature che avesse mai inventato, Zeus dapprima tolse loro la capacità divinatoria, poi li ridusse a gareggiare all'ippodromo e non piú in epiche battaglie.

Ecco, dunque, perché oggi la specie degli ippogrifi vive solo nel mondo della fantasia, gli ippopotami stanno sempre dentro l'acqua, e i cavalli non sono piú indovini e guerrieri, ma si sfidano in gare sportive.

39. DAL MALE ALLA MELA

– Che brutta parola formiamo: vogliamo cambiare! – dissero, una dopo l'altra, «M», «A», «L», «E».

– Non siate tristi: tutti possono migliorare, – le consolò la saggia «S».

Cosí ecco che finalmente le quattro lettere cambiarono posizione e formarono una parola nuova, ossia *LAME*.

– Un po' meglio: certo poi bisogna vedere come si usano le lame, se a fin di bene o a fin di... – le incalzò ancora la saggia «S», che non ebbe il coraggio di ripetere l'antica parola da cui provenivano. Insomma, voleva semplicemente avvisare che è bene prestare sempre attenzione: era meglio che si cercassero una nuova parola, per non lasciare dubbi proprio a nessuno.

Alla fine, dopo tanti sforzi, ecco spuntare uno splendido frutto rosso luccicante.

– Ora che siamo una bella *MELA* nessuno ci potrà dire niente! – esclamarono felici le quattro lettere.

– Ricordate che da una piccola mela scoppiò una lunga guerra, quella di Troia, – insinuò quella criticona della «C». – E la guerra non è il MALE piú grande?

– Ha ragione «S»: dovremo stare attente, altrimenti le nostre disavventure rincominceranno daccapo, – esclamarono le quattro lettere.

40. PERCHÉ L'ECCEZIONE CONFERMA LA REGOLA

Una volta, quando l'ortografia non esisteva ancora, ogni parola vantava diverse imitazioni e tutte pretendevano di essere l'originale.

Cosí, invertendo le lettere a piacere, *cosa* si poteva scrivere *caos* oppure anche *caso*, senza contare errori o storpiature, come *sacco*.

Poiché cosí non riuscivano a capirsi, gli uomini decisero allora di stabilire regole precise: solo l'originale sarebbe stata da loro onorata, mentre i maestri avrebbero segnato con la penna rossa gli errori.

«Meno male» pensò la *caccia*, rallegrandosi di non essere piú confusa con una parente molto meno nobile, che aveva perso per strada una *i*.

– Che fortuna! – pensò l'*ape*, gioendo perché molti confondevano il *miele* con le *mele*.

Da allora ecco che per ogni parola giusta ci sono

centinaia di parole sbagliate. E ogni parola ha uno o piú significati.

– Perché *pesca* indica sia lo sport che il frutto? – protestò la *pera*, che voleva anch'essa essere nobilitata da uno sport, magari il tiro alla pera.

Qualche eccezione, tuttavia, fu concessa.

– Perché *obiettivo* si può scrivere anche *obbiettivo*? – protestarono le *canne*, che non potevano essere piú scritte *cane*, se non a rischio di confondersi con l'animale.

– Qualche eccezione, – spiegò un saggio, – è ammessa in ogni regola, e sappiate che abbiamo anche inventato un proverbio a tal proposito: *L'eccezione conferma la regola*. Comunque, una regola, in fondo, ci vuole!

Cosí le parole sbagliate si rassegnarono al loro destino e furono dimenticate. Anche l'*eccezzione*, come la scrivono alcuni (sbagliando) con due *z*, si rassegnò, perché l'originale non voleva avere alcuna imitazione, nonostante il suo nome sembrasse promettere il contrario.

41. L'AMICIZIA DI PREPOSIZIONI E ARTICOLI

Un giorno articoli e preposizioni si trovarono simpatici, al punto che decisero di diventare spesso un'unica parola. In alcuni casi, imitarono anche nomi propri e soprannomi. Cosí, per esempio, *IN* e *LO* si fusero e presero come nome *NELLO*. Allo stesso modo fecero *A* e *LE*, creando *ALLE*. Non tutti, però, amavano quella moda. *TRA* e *LA* non vollero creare *TRALLA*, che sarebbe stata derisa da tutti: troppo simile a una buffa filastrocca. Non solo: alla fine, *TRA* e il cugino *FRA*, sempre seri e solitari, decisero di non mettersi in società con nessuno. Ma ci fu anche chi come *PER* e *IL* e *CON* e *LA* si pentirono delle loro scelte.

«Cosí mi confonderò con il pelo degli animali» pensarono i primi, formando *PEL*, che si trova ancora, ma solo nei libri antichi.

– Cosí noi ci confonderemo con quella nostra antipatica

e appiccicosa cugina: la *COLLA,* che oltretutto non è né un articolo né una preposizione, ma un nome. Allora farò il contrario di quello che farà lei: mi staccherò.

Ecco perché alcune preposizioni articolate non sono mai state create, mentre altre si stanno poco alla volta staccando, per ritornare all'antica libertà.

42. COME SI ATTACCANO LE FRASI: LA COLLA MAGICA DELLE CONGIUNZIONI

Un tempo ogni frase si aggirava per i quaderni per conto proprio e non andava per nulla d'accordo con le altre. Insomma, non si riusciva a mettere insieme un solo discorso.

Certo, gli uomini erano semplici e rozzi, ma non si poteva continuare a parlare e a scrivere cosí.

Allora furono inventate le congiunzioni: diverse colle magiche in grado di tenere insieme parole e frasi, comprese quelle piú burbere e scontrose.

La prima colla a essere inventata fu *E*. Le frasi, però, protestarono: d'accordo unirsi, ma non sempre si possono avere gli stessi pensieri; ognuna, con educazione, aveva diritto alle proprie idee. Cosí furono inventate *MA*, per congiungere le frasi meno amiche, e *O*, per riuscire a mettere insieme persino parole e frasi alternative, che si escludono a vicenda. In seguito s'inventarono tutte le altre colle speciali, che oggi tengono insieme non solo due parole, ma spesso un'intera pagina, perché gli uomini sono diventati sempre piú sofisticati.

Ecco, dunque, come nacquero le congiunzioni.

43. I SUPERLATIVI SUPERSPACCONI

Sempre sonoramente supersuperbi e spocchiosamente supersaputelli, i superlativi assoluti si vantavano con tutti per la loro capacità di vivere ai massimi livelli. Persino con i loro padri si comportavano con arroganza.

– Ormai, nella nostra epoca, solo chi è al top, come si dice in inglese, conta qualcosa, – affermò *Bellissimo,* insieme ai suoi gemelli *Superbello, Bello Bello* e *Molto Bello*, deridendo il papà *Bello,* che al suo confronto era molto meno nobile.

– Rispetto a me, tu sei un poveraccio, – disse *Ricchissimo* al padre *Ricco*.

Tra i superlativi, tuttavia, qualcuno se ne stava ben zitto e qualcuno addirittura si nascondeva, vergognandosi persino dei suoi amici.

Era *Saggissimo*, sempre il piú equilibrato, che onorava

suo padre *Saggio* e non voleva proprio attribuirsi alcun merito.

Inoltre, osservando quella scena, disse ai suoi amici superlativi: – Chiedete a *Brutto* se è contento di aver generato *Bruttissimo*. O chiedete a *Malvagissimo* se si vanta di essere superiore a suo padre.

Dopo una breve pausa, *Saggissimo* concluse: – Nella vita, cari miei, conta soprattutto la qualità, non la quantità. Guardate al valore dei vostri genitori e in loro troverete lo specchio di voi stessi. E poi la superbia porta alla rovina, ricordatelo!

44. IL GENERALE GERUNDIO

Avendo mangiato e bevuto molto, ridendo e scherzando un po' troppo, il generale Gerundio stava invecchiando proprio male, zoppicando e trascinandosi pesantemente. Cosí, inciampando in ogni parola e ruzzolando subito a terra, ormai non si reggeva piú in piedi da solo.

Allora tutti i verbi del mondo avanzarono una proposta: bisognava offrirgli un bastone per sorreggerlo.

Subito si offrirono i parenti piú stretti: Infinito e Participio, che però, essendo avanti negli anni, avevano essi stessi bisogno di un sostegno.

– Ho io la soluzione: d'ora in poi, – intervenne allora il ragioniere Indicativo, quello che ha sempre le soluzioni giuste e piú realistiche, – ti sorreggerò insieme con Congiuntivo, Condizionale e anche con quello scorbutico d'Imperativo. E lo stesso faremo con Participio e Infinito.

Perché i verbi sono un'unica famiglia dai modi piuttosto generosi...

Cosí, camminando e faticando, pur sempre con una certa antica eleganza, oggi il gerundio si trascina sempre nelle frasi, appoggiato a uno dei suoi cugini. Andare da solo? Proprio no, farebbe crollare a terra tutta la frase, con un fracasso francamente fragoroso.

45. IL BRUSCO IMPERATORE IMPERATIVO

In origine, quando gli uomini erano meno raffinati e vivevano nelle caverne, tutti obbedivano all'imperatore Imperativo, un tipaccio grande e grosso, con due baffoni neri, che si comportava sempre da scontroso, senza mai chiedere «scusa» o «per favore». Non andava mai d'accordo con nessuno, tranne che con il suo scudiero: un fedele punto esclamativo, pronto a seguirlo ovunque.

– Saresti piú amato, se fossi meno brusco, – gli suggerirono insieme gli altri modi, sempre gentili e generosi.

– Fate attenzione a quanto vi dico: ho, anzi sono, – scandí l'imperatore Imperativo, – un *MO-DO-BRU-SCO-E-DI-RET-TO*. Esigo e non transigo. Tutto quanto ordino dev'essere eseguito all'istante. Non dimenticate mai il mio nome.

Tra i verbi si diffuse però un mormorio di protesta.

– Tacete! – esclamava di continuo, dall'alto dei suoi

baffoni, l'imperatore Imperativo, zittendo all'istante chi non la pensava come lui.

La gentilezza e l'educazione, tuttavia, alla fine vincono sempre. Cosí, a mano a mano che l'uomo divenne piú civile, ecco che gli altri modi verbali ottennero soddisfazione.

– Avremmo sperato che tu ci prendessi in considerazione prima… – dissero garbatamente all'uomo Condizionale e Congiuntivo.

– Meglio tardi che mai, – soggiunse Indicativo, rispettoso ma dai modi un po' piú decisi.

Ecco perché oggi solo le persone un poco autoritarie ricorrono ancora all'imperatore Imperativo, mentre tutti, se desiderano qualcosa, lo chiedono con gentilezza.

46. LA «I» E IL NAVIGATORE DIGITALE

Un programmatore di computer, autentico genio dell'informatica, pensava che la grammatica non fosse cosí importante.

– Che senso ha, – andava dicendo, – studiare tanto una lingua, quando ormai un computer quasi pensa al posto nostro?

Un giorno d'agosto partí per le vacanze, impostando *Google Maps* con destinazione Sydney, che (cosí almeno aveva distrattamente letto da qualche parte sul web) era una fantastica città, anche se non aveva idea di dove si trovasse. Tuttavia sbagliò una letterina, scambiando una «i» per una «y», e scrisse Sidney sul navigatore. Cosí, invece che in Australia, passò le vacanze in un paesino del Canada, dove non trovò nulla di quello che la guida digitale descriveva.

Quando tornò, confidò deluso ai suoi amici che Sydney

non era una città ma un paese, non c'era un solo monumento di quelli descritti dalla guida e soprattutto era stranamente a sole quattro ore di automobile, non al di là dell'oceano (il programmatore infatti viveva proprio in Canada).

Allora tutti scoppiarono a ridere, intuendo il suo errore.

– Ecco, fu quello, – spiegò un giorno ai suoi alunni, – il momento in cui mi misi in testa di cambiare lavoro e di fare il maestro, studiando meglio l'ortografia e naturalmente la geografia... e ora eccomi qua: ho imparato che nessuno strumento può sostituire studio e intelligenza e che anche la piú piccola «i» a volte fa la differenza.

47. IL SOSIA DELLA «X»

Su un cellulare, un giorno, s'incontrarono due sosia perfetti: *ics* e *per*. Si stupirono nel vedersi tanto simili. Erano forse stati separati alla nascita? Avevano un antenato in comune? Sí, forse quell'antico romano, *X*, che oggi è un po' fuori moda ed è stato sostituito da un arabo chiamato «10»? Chissà.

Se *ics* era un'orfanella cresciuta dalle lettere dell'alfabeto, *per* era nato da un + e da una calcolatrice: sempre pronto a spararle grosse, a ingigantire tutto ciò che incontrava, ancor piú del suo papà.

Volendo però moltiplicare anche le sue funzioni, a un certo punto decise d'inserirsi pure nei messaggi degli studenti. Cosí molti ragazzi cominciarono a scrivere *XCHÉ* e *XÒ*, fino a che pensarono che la «X» non svolgesse piú il suo antico mestiere, ma si fosse trasformata in una lettera speciale.

– Sei un impostore! – disse il primo maestro che notò un *PER* travestito da *X* in un tema, cerchiandolo con la penna rossa.

Cosí da quel giorno i maestri continuano a segnarlo, perché il *PER* riesce a imbrogliare soltanto gli studenti.

48. LE *EMOTICON* CHE BUSSARONO ALLE PORTE DELL'ALFABETO

Alle porte dell'alfabeto un giorno bussarono alcune simpatiche faccine, chiamate *emoticon*: volevano entrare con tutti gli onori.

In effetti, erano proprio allegre e divertenti. C'era quella sorridente, quella che proprio se la rideva di gusto, ma anche quella triste e persino quella che aveva l'aria di saperla davvero lunga, con due occhialini da sole all'ultima moda.

Le lettere dell'alfabeto allora si consultarono a lungo, mentre i cellulari già le avevano accolte.

Alcune dissero di non volere aprire le porte alle *emoticon* per principio, ma erano le stesse che non avrebbero nemmeno voluto le preziose lettere straniere.

Altre le volevano accogliere a tutti i costi, senza considerare affatto le conseguenze.

Alla fine la saggia «S», ricorrendo a rime gentili

e convincendo tutte le altre lettere, offrí un prezioso consiglio alle *emoticon*: – Non è per cattiva educazione, sappiamo che regalate a tutti un'emozione; ma siamo differenti e creeremmo confusione, con errori evidenti e dubbi a ripetizione. Andate, pertanto, dove non ci sono lettere, ma segni: là certo troverete i vostri regni.

Intanto, le *emoticon* di nascosto si erano già infilate nei temi dei bambini. Non solo: oggi, specialmente su cellulari e tablet, 6 sempre – criticato se usi 1 o + segni diversi dalle lettere.

49. LA «Z» STAMPATA E LA «Z» DIGITALE

Una «Z» appena digitata sul computer prendeva in giro una vecchia parente: una «Z» scritta con la penna d'oca su un manoscritto antico, aperto sulla stessa scrivania.

– Vecchia zia, vedi come appaio luminosa sullo schermo? Se lo scrittore vuole, posso cambiare forma, dimensione e colore solo con un *clic*. Tu, invece, te ne resti lí immobile da secoli: tutta vestita di nero, triste su un foglio ingiallito dal tempo e roso dalle tarme. Almeno le tue cugine, piú giovani di trecento anni, che sono a colori su quelle pagine stampate, sono un poco piú allegre...

– Ma io sono stata letta centinaia di volte, ho aiutato tante persone e perciò la mia vita ha avuto un senso. Tu invece...

La lettera stampata non fece in tempo a terminare la triste profezia che lo scrittore ci ripensò e con un *clic* cancellò per sempre la «Z» digitale, senza che la «Z» riuscisse nemmeno a vedere completata la parola a cui doveva dare inizio: *Zorr...*

Da quel giorno nessuna lettera ebbe piú il coraggio di rivolgersi a quella vecchia «Z», che preannunciava sventure. Non capirono che invece aveva compreso tutto, proprio grazie all'antica esperienza per cui la nipotina digitale la stava deridendo.

50. PERCHÉ IL CERVELLO È IL COMPUTER PIÚ EFFICIENTE

Poiché gli uomini non sapevano piú se affidarsi completamente al computer o se invece fosse preferibile contare piú sul loro cervello, ci fu un giorno una contesa fra i due. Il computer era allenato da un buffo ingegnere, che si era fatto inserire nella testa un hard disk molto potente; il cervello era allenato da un poeta, che si chiamava Elio Stralunato.

– Io contengo piú dati, – attaccò il computer.

– Però ti rompi spesso e duri poco, mentre io vivo anche un secolo.

– Sí, ma quando invecchi, perdi colpi come un pugile suonato: io vivrò meno, ma certo sono piú efficiente.

– Posso scrivere poemi e romanzi stupendi anche alla fine della vita, anzi molto migliori di quando sono giovane: tu hai mai scritto una poesia?

– No, ma ne contengo quante vuoi, lettera per lettera.

– Io regalo emozioni.

– Emozione è una parola senza senso, – replicò in difficoltà il computer, sempre troppo razionale.

– Visto che la sai cosí lunga, caro computer, rispondimi: chi è il tuo creatore? – assestò il colpo decisivo il cervello.

– Tu... – dovette ammettere il computer, alzando infine bandiera bianca.

Insomma, l'allievo non aveva ancora superato il maestro, ma sarebbe arrivato un giorno in cui ciò sarebbe successo. Ne era convinto l'ingegnere, che si diede tanti pugni in testa, per l'amarezza della sconfitta, da distruggere l'hard disk. Perciò ebbe bisogno di un cervello capace di aggiustarlo.

51. IL GIUDICE DISONESTO E LA PUNTEGGIATURA CHE LO CONDANNÒ

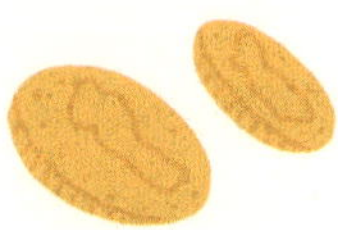

Un ricco mercante si fermò in una città con una cassa di monete d'oro. Essendo piuttosto ingenuo, ne parlò con tutti, vantando la sua immensa ricchezza.

Quando venne a conoscenza di questi fatti, il giudice di quella regione, severissimo con i ladri di polli ma corrotto fino al midollo, di notte penetrò nella stanza e si portò via tutte e cinquecento le monete d'oro trasportate dal mercante.

Per allontanare ogni sospetto, il giudice trovò subito un povero mendicante da incolpare. Del resto, si comportava sempre cosí: inventava le prove e condannava persone innocenti, tanto che ormai tutti erano stanchi di un giudice cosí corrotto.

Quando si celebrò il processo, il giudice, che aveva fretta di condannare il mendicante, disse: – Cancelliere, non perdiamo tempo. Scriva: *Alla luce delle prove, il mendicante, – afferma il giudice, – è un ladro.*

– Lei, mendicante, conferma queste parole? Se ammette tutto, le infliggerò una pena mite.

– Certo, signor giudice, le parole sono esatte: cambierei solo la punteggiatura, – replicò il mendicante.

– Che intende dire? – lo incalzò il giudice, spazientendosi.

– *Alla luce delle prove, il mendicante afferma: «Il giudice è un ladro».* Lo sanno tutti in paese e lo potrà confermare questa vecchina; poiché abita davanti all'albergo e soffre d'insonnia, giura di avere visto il furto. Insomma, il colpevole è seduto proprio in questo tribunale, ma non sono io...

Finalmente il giudice corrotto finí in prigione, come meritava.

52. IL PUNTO E IL SUO CAPPELLO

Un giorno il Punto, sovrano della punteggiatura, si rattristò perché, pur consapevole della sua importanza, era ossessionato dalla statura: si vedeva troppo basso e temeva che, per questo motivo, presto non l'avrebbero piú rispettato.

– Un sovrano, – borbottava tra sé, – deve essere piú alto: almeno come il + o come quel ladro del –, che toglie tutto a tutti.

Cosí riuní a corte, insieme alla Virgola, sua moglie, anche alcuni parenti: le lettere dell'alfabeto, i numeri, i pochi segni di punteggiatura che a quei tempi erano già nati. C'erano anche due gemelle che andavano sempre in coppia: le Virgolette.

E proprio loro ebbero una geniale idea: – Ti consigliamo, caro zio, di farti realizzare un bel cappello alto alto, in modo che, quando desideri farti vedere, nessuna lettera possa superarti, nemmeno le maiuscole, che amano mettersi al tuo fianco, per far risaltare la loro altezza.

Il Punto commissionò subito il lavoro a un artigiano, ma non spiegò con quale materiale dovesse essere realizzato quel cappello. Cosí venne modellato in creta e consegnato in gran fretta, poiché l'artigiano sapeva quanto tirannico fosse il suo re. Il cappello però si attorcigliò subito, fino a diventare una specie di bisciolina.

– Tu non hai capito e hai avuto troppa fretta: ti avevo detto, – affermò il re, – che volevo un cappello dritto e alto; questo, tutto attorcigliato, sembra che non sappia dove andare ed esprime piú dubbio che certezza.

Cosí l'artigiano si rimise all'opera e non sbagliò.

Perciò, ancora oggi, il punto esclamativo è usato quando il re, col copricapo lungo e slanciato, intende dire con forza qualcosa d'importante, mentre il punto interrogativo è usato quando il sovrano è incerto e pieno di domande. In entrambi i casi, comunque, la lettera seguente deve, in genere, alzarsi in piedi: diventa maiuscola, perché pur sempre al cospetto del suo sire si trova.

53. IL PREMIO DELLE VIRGOLETTE

Poiché i discorsi degli uomini stavano diventando sempre piú imprecisi, un giorno il re Punto, che voleva mettere ordine assoluto in ogni frase, si preoccupò molto. Ormai, gli riferirono alcuni ambasciatori degli uomini, non si sapeva piú se le parole fossero quelle scritte o dette per davvero, oppure quelle semplicemente interpretate.

La situazione si faceva, di giorno in giorno, piú grave, quando due gemelle, fino ad allora perditempo, andarono dallo zio re Punto. Siccome ormai stavano diventando grandi e volevano rendersi utili, avevano un'idea: mettersi intorno alle parole scritte o pronunciate da qualcuno. Cosí non ci sarebbero piú stati dubbi: sarebbero state come un marchio di garanzia.

L'idea fu ritenuta davvero geniale dal re Punto; cosí le Virgolette ebbero in premio un grande onore, fino a quel momento riservato soltanto a lui, con o senza i due cappelli (? e !): la lettera iniziale del discorso custodito dalle gemelle doveva sempre alzarsi in piedi.

Ecco perché oggi il discorso diretto comincia sempre con una lettera maiuscola.

54. LA NASCITA DEL PUNTO E VIRGOLA

Dopo che, come scrisse un grande autore, il Punto e la Virgola si sposarono, creando una bella famiglia, decisero di avere un figliolo, che ereditò le caratteristiche di entrambi.

Siccome era figlio di un re e di una regina, subito nessuno si preoccupò di trovargli un lavoro.

Poi però, il giorno del suo diciottesimo compleanno, il re Punto gli disse: – Ora, figliolo, devi cominciare a renderti utile: che mestiere desideri svolgere?

– Papà, non posso ereditare il tuo lavoro?

– Impossibile, figliolo: un re non va in pensione; finché sono in vita, nessuno può sostituirmi.

– Non posso ereditare il lavoro della mamma?

– Ho un'idea migliore: tu segnerai una pausa a metà tra la mia e quella della mamma, visto che sei una via di mezzo tra me e lei!

– Ma potrò costringere le lettere ad alzarsi in piedi al mio passaggio?

– No, quello è privilegio del re, non dei principini, – chiuse il discorso il padre, da buon Punto fermo.

Il Punto e virgola, pur perplesso, obbedí. Tuttavia, siccome è un nobile un poco sfaticato, essendo stato sempre trattato come un principe si fa vedere sempre meno negli scritti degli uomini.

55. I DUE PUNTI CHIACCHIERONI

Dopo il Punto e virgola, il Punto e la Virgola diedero alla luce un altro figlio, che però assomigliava piú al padre: Due punti. Ereditò cosí dal papà il piglio un poco autoritario ma con una grande differenza, perché, si sa, i figli, come è giusto, nascono con una testa tutta loro (o forse Due punti era solo un poco dispettoso?). Se insomma il papà troncava subito ogni discorso, lui invece era un grandissimo chiacchierone e voleva spiegare tutto a tutti. Cosí lo soprannominarono *Adessotispiego*.

La sua materia preferita a scuola? No, non era la grammatica, come il papà sempre raccomandava, ma la geografia, forse perché si sentiva un po' come un navigatore che indica il percorso.

E cosí, quando fu grandicello, era incerto se fare la guida turistica, l'insegnante o il vigile urbano. Certo, a lui è sempre piaciuto spiegare, chiarire, dimostrare. Optò dunque per la seconda professione, tanto che ancora oggi spiega tutto a tutti.

Il prossimo figlio della famiglia Punto e virgola? Sarà una bambina. Probabilmente si chiamerà Due virgole: qualche scrittore ci ha già pensato, ma al momento non è stata ancora concepita.

56. COMODINO, LA VIRGOLA E L'INDOVINO CHE AVEVA SEMPRE RAGIONE

Uno strano indovino aveva la fama di non avere mai sbagliato una profezia. Cosí, un giorno, un ragazzo, non trovando piú il suo cagnetto, chiamato Comodino perché era piuttosto pigro, andò a chiedere il parere al mago, il quale aveva un modo singolare per rispondere ai quesiti che gli venivano posti.

– Dimmi, illustre indovino, dove posso ritrovare Comodino? Posso stare tranquillo? È qui a casa, nella fattoria? Oppure è in città e pertanto devo cercarlo in qualche via?

Il mago, vestito tutto di bianco con un pennacchio rosso e verde in cima al capo pelato, si ritirò a meditare per un bel pezzo e, al suo ritorno, proferí, assorto in meditazione, cinque parole, l'una alla distanza di dieci minuti dall'altra: *IN CASA NON CERCARE COMODINO.*

Allora il fanciullo uscí e si mise a esplorare ogni angolo

della città, per ritrovare il suo amato cagnetto, che, invece, pigro com'era, si era rannicchiato nella stalla dei buoi.

Quando Comodino si svegliò, dopo una dormita di tre giorni, il ragazzo, vedendolo, lo riabbracciò felice e pensò: «Se te ne sei sempre stato a casa, perché cercarti?». Cosí andò infuriato dall'indovino a protestare: – Sei un imbroglione, ridammi quel che mi hai fatto pagare! Ti avevo chiesto se era nascosto in casa o lo dovevo cercare, e tu mi hai risposto: «In casa non cercare Comodino». Rimangiati le tue parole.

– No, le parole erano giuste, sei tu che hai messo la Virgola al posto sbagliato. Mi hai domandato se fosse in casa o in città e io ho risposto: «In casa, non cercare Comodino!».

– Ho capito: a te basta spostare una virgola e capovolgi il significato di una frase; alla fine non sbagli proprio mai, caro il mio indovino...

57. QUANDO I PUNTINI SOPRA LE «I» DECISERO DI RIBELLARSI

Un giorno, un puntino un po' ribelle, stanco di vivere sempre sopra una «i» e di essere considerato un inutile addobbo, osservò: – Se scendo da questa colonnina, assomiglierò al re della punteggiatura e tutti mi onoreranno!

E cosí fece, ingannando per un bel pezzo tutti quanti e gettando nello sconforto la sua «i», che, per vederci meglio, si alzò in punta di piedi: non riuscí a trovarlo, ma divenne la prima «I» maiuscola della storia (ecco perché le «I» maiuscole fanno a meno dei puntini).

Quindi, il puntino ricordò le favole che aveva ascoltato da piccolo.

«Ora, – rifletteva, – le morali di quelle favole ci ammonivano a rimanere sempre insieme alle nostre asticelle, perché l'unione fa la forza. Ebbene, l'unione può fare la forza anche cosí: andrò da altri puntini e li inviterò a scendere. Cosí diventeremo numerosi e sostituiremo il Punto, che in fondo è uno solo».

Ne mise insieme ben dodici, ma fu proprio quello l'errore: scendendo in basso nella riga, tutti quei puntini furono presto scoperti.

Cosí la penna della maestra li stava per rinchiudere dentro un grande cerchio rosso, una prigione da cui non sarebbero piú fuggiti, quando il re Punto, ridendo, ebbe un'idea geniale: – Avevano un bel panorama lassú, ma non erano felici. Ebbene, lasciamoli quaggiú tutti insieme; anzi, visto che sono dodici, mettiamoli a gruppi di tre, altrimenti occupano troppo spazio. Avranno, tuttavia, una funzione opposta a quella che desideravano: non chiuderanno mai un discorso, ma lo lasceranno sospeso...

Ecco perché i puntini di sospensione non possono mai essere piú di tre e perché ci si raccomanda sempre di mettere sulle «i» minuscole i puntini, che a volte sono terribili come quel loro lontano antenato.

58. LE AVVENTURE DI VIRGOLA E PARENTESI

Oggi tutti diffidano delle parentesi, due gemelle capricciose e inseparabili, e della virgola; spesso, infatti, giocano ai ragazzi brutti scherzi, ma pochi ricordano il motivo.

Un tempo le Parentesi tonde vivevano solo nel Regno dei Numeri e la Virgola solo nella Contea della Punteggiatura. Un giorno, però, la Virgola volle partire per un lungo viaggio, alla scoperta di un mondo ancora inesplorato, proprio come un certo Cristoforo Colombo, che aveva conosciuto in un libro di storia. Saltellando, arrivò nel Regno dei Numeri, dove fu accolta con tutti gli onori; incontrò, in quei luoghi lontani, le Parentesi tonde, che s'incuriosirono parecchio e decisero di imitarla, partendo anch'esse all'avventura.

Dopo una lunghissima strada, approdarono nella Contea della Punteggiatura.

Tuttavia, entrambe erano sfaccendate e si annoiavano parecchio. Cosí cercarono lavoro, ma in quella contea c'era molta disoccupazione, perché gli uomini un tempo usavano raramente punti e virgole.

A forza di insistere, però, le Parentesi ottennero un lavoro, che fu inventato lí per lí: cominciarono a delimitare le parti superflue del discorso (del resto, non si riesce a scrivere e a parlare anche senza di esse?). E quando provarono a scrivere alle cugine graffe e quadre, per convincerle a raggiungerle, quelle risposero: «Noi stiamo bene a casa nostra: non vorremmo proprio fare la vostra fine! Qui siamo utili e onorate! Magari verremo in gita qualche volta, ma solo in casi eccezionali».

Quanto alla Virgola, visto che è una piccola verga, ossia un bastoncino che aiuta a mettere ordine nel disordine, trovò subito il modo di rendersi utile tra i numeri.

Pertanto, è meglio evitare troppe parentesi in un testo d'italiano, altrimenti rischiano di dire piú il superfluo che il necessario. Ed è anche bene stare in guardia dagli scherzetti di una virgola in matematica, perché può cambiare completamente il risultato.

59. TAGLIARE O TRONCARE?

– Quando taglio, io uso una forbicina... – disse Elisione a Troncamento.

– Infatti, lasci sempre una piccola cicatrice e provochi una sofferenza prolungata, – replicò Troncamento.

– Tu, invece, usi un'ascia da boscaiolo: dove passi, fai il deserto. *Bell'animale,* col suo apostrofetto, è piú gentile che *bel maiale* e il taglio è meno netto, – attaccò Elisione, parlando in rima per essere piú efficace.

– Meglio un colpo secco: il dolore passa prima...

– Però anche tu hai un po' di difetti, caro Troncamento.

– Chi non ne ha? Certo, devo perfezionarmi; ma un conto è averne un po', mettendo qualche volta (come in questo caso) l'apostrofo; un conto è averne un Po intero, come te, che crei mille dubbi in chi scrive.

Detto questo, il prepotente troncò la conversazione, senza ammettere repliche, ovviamente.

60. PERCHÉ UN ACCENTO PUÒ CAPOVOLGERE LE SORTI DI UNA BATTAGLIA

Chi ha detto che gli accenti non contano nulla? C'è chi, arrivato alla *meta*, si ritrovò molto piú indietro, addirittura a *metà* del suo percorso, a causa di un accento dimenticato lungo la via. Certo non sono importanti solo gli accenti che si vedono, alla fine delle parole, come in *Perú*, *però* o *perí*, ma anche quelli che se ne stanno ben nascosti per rivoluzionare il senso di una frase.

Una volta un anziano professore raccontò una favola ai suoi studenti, che, frequentando già il liceo, pensavano che gli accenti fossero argomento per marmocchi.

«Tra cani e lupi, antichi consanguinei, scoppiò una grande guerra. I lupi erano guidati da un solo generale, i cani da numerosi comandanti, i principi di ogni razza. Pur battendosi con grande coraggio, i cani che fecero sempre della lealtà la loro piú grande qualità, si accorsero che i loro comandanti erano malvagi e, in cambio di una ricca ricompensa, si erano accordati con i lupi, per arrivare a una sconfitta disonorevole. Allora alcuni cani coraggiosi inviarono al loro re, che stava in una regione lontana, un'ambasceria segreta, per chiedere come dovessero comportarsi.

L'imperatore consegnò questa risposta: *Non abbandonate mai i vostri principi, combattete con ardore.*

I cani, che amavano molto il loro imperatore, obbedirono: da un lato continuarono a seguire le indicazioni dei loro príncipi, dall'altro combattevano con ardore.

Tuttavia un vecchio cane, che non si rassegnava a quel disastro causato da ordini sbagliati, disse ai suoi commilitoni: – Il nostro saggio imperatore non potrebbe mai accettare il tradimento di un cane: la fedeltà è il nostro piú grande principio. Il messaggio va letto cosí: *Non abbandonate mai i vostri princípi, combattete con ardore.*

Allora i cani capirono e misero da parte i comandanti corrotti, riuscendo a conquistare la vittoria sui lupi».

61. PERLE AI PORCI

Un uomo possedeva un porcellino che amava moltissimo. Per ringraziarlo della compagnia, non solo non lo ammazzò, rinunciando cosí a un ottimo prosciutto, ma gli donò pure una splendida perla, il gioiello di famiglia piú prezioso che egli possedeva.

Apprezzando la generosità del padrone, il maiale accolse il dono di buon grado, ma non sapeva che farsene. Provò anche a mangiare quella perla, ma poi soffrí per sette giorni e sette notti di terribili mal di pancia.

Dopo un po' di tempo, il porcellino volle imitare il suo padrone e donare una grande quantità di crusca raffinata (il suo cibo preferito!) al cane di quella fattoria, che era il suo migliore amico.

Un po' ingenuo, il cucciolo la ingurgitò in un fiato e subito stette male, facendosela sotto per quattro settimane.

In quella casa dove tutti regalavano qualcosa, anche

il cane, spinto dal suo cuore nobile e generoso, non volle essere da meno. Cosí donò al suo amatissimo padrone il migliore osso che gli fosse mai capitato di trovare; il padrone, conoscendo la buona fede del cane, pensò a un osso speciale, magari fatto di zucchero, e lo addentò fracassandosi tredici denti.

A quel punto, il padrone si arrabbiò moltissimo con il cane, ma il porcellino lo rimbrottò cosí: – La colpa è tua, caro padrone, che raccogli quanto hai seminato: se dai perle ai porci, ti meriti un osso in mezzo ai denti...

La favola insegna che è inutile regalare ciò che di piú prezioso possediamo a chi non lo sa nemmeno apprezzare. Da quel giorno, nella fattoria, tutti capirono meglio il significato di quel curioso modo di dire: *Perle ai porci*.

62. IL BASTONE E LA CAROTA

Un tempo c'erano soltanto padroni buoni e padroni cattivi. I buoni davano carote ai loro animali, che all'epoca erano tutti vegetariani. I cattivi, invece, distribuivano solo bastonate. Cosí i cani, a causa del trattamento ricevuto, diventavano o troppo viziati o troppo tristi.

A quel tempo viveva un uomo sempre incerto su tutto, tanto che non andava mai in vacanza, perché era fino all'ultimo indeciso tra non meno di due mete e, a furia di riflettere, si vedeva scorrere il tempo sotto il naso. Non solo: era indeciso anche su che cosa mangiare e una volta se ne stette una settimana a guardare la carne e l'insalata sul suo tavolo, e, come l'asino di Buridano, sarebbe certo morto di fame se uno zio, dopo una settimana, non gli avesse imposto di mangiare l'insalata.

Ora, quest'uomo aveva un cane: incerto com'era,

il padrone un giorno gli dava una bastonata e il giorno dopo gli concedeva una carota. Incredibile, ma vero: quel cane crebbe piú forte e saggio degli altri, perché comprese che nella vita c'è il premio e c'è il castigo, non soltanto l'uno, né soltanto l'altro.

Il metodo fu poi perfezionato con maggiore precisione, e finalmente si abolí l'uso del bastone contro qualsiasi essere vivente. Ma perché si ricordasse l'insegnamento di quella storia, da quel momento fu inventato il modo di dire che consiglia di alternare «il bastone» (ossia i rimproveri) e «la carota» (cioè le lodi e i premi), quando si educa un bambino.

63. IL RE, LE MELE MARCE E I MINISTRI MALVAGI

Un anziano sovrano era circondato da tre ministri malvagi e corrotti, che al suo cospetto gli giuravano fedeltà, mentre alle spalle lo disprezzavano, danneggiando cosí il governo di quel regno. Un giorno il re, amareggiato, li convocò e disse: – Carissimi, alla luce della devozione che ogni giorno mi garantite, voglio mostrarvi la mia reale gratitudine con un piccolo segno: ho fatto portare, da un regno lontano, le mele piú grandi e belle del mondo, adeguate al vostro importante ruolo. Queste mele hanno una qualità che le rende uniche e degne di voi, ma la scoprirete soltanto quando le mangerete.

I tre ministri ringraziarono a lungo il re, senza risparmiarsi baciamani e vistosi inchini; ma, appena uscirono dalle sue stanze, lo derisero: – È proprio un vecchio stupido: noi lo beffiamo e lui, rincitrullito, addirittura ci premia.

Alla sera, mentre stavano già architettando nuovi inganni, vollero gustare il sapore di quegli splendidi frutti che brillavano di un rosso luccicante; ebbero però una sgradita sorpresa: tanto erano promettenti all'esterno, quanto marci e disgustosi all'interno.

Allora, il primo ministro disse: – Il re ci ha avvertito: o rendiamo il nostro animo adeguato al ruolo di prestigio che ci ha assegnato o ci toccherà un castigo tremendo e, come queste tre mele, saremo gettati nella spazzatura.

Cosí il saggio re indusse al pentimento gli infedeli ministri. Da quel giorno le mele marce sono diventate il simbolo degli uomini corrotti e ancora oggi tutti fanno riferimento a tale modo di dire.

64. NON VALERE E NON CAPIRE UN'ACCA

Un tempo «H» era un'abilissima artista, folle e geniale, che parlava un linguaggio tutto suo, figlio del vento e del silenzio. Era, insomma, muta, ma sapeva esprimere emozioni uniche. Cosí, in origine, tutti la credettero superiore alle altre lettere, una specie di sacerdotessa dell'alfabeto. Pertanto cominciarono a ripetere tristi: «Ecco, noi non valiamo un'acca e non riusciamo nemmeno a capirla: lei è molto superiore alla nostra condizione di semplici lettere».

Poi, però, a forza di comportarsi in modo strano, «H» fu creduta pazza.

«Certo, noi non valiamo un'acca, – rifletté «I», invidiosa come sempre, un giorno, – ma solo perché è molto inferiore a noi, considerato che nemmeno si sente quando parla. Anzi è una lettera sbagliata».

No, «H» non era (e non è) una lettera sbagliata: è solo

un po' diversa. E proprio questo è il destino dei geni: essere ammirati o disprezzati.

Ma verrà un giorno – come profetizzò «S», la lettera della saggezza – che ad «H» sarà riconosciuto di nuovo il suo valore. Perché senza di lei non ci saranno parole preziose né *chiavi* per aprire le porte di ogni segreto. Perciò *Non valere un'acca* tornerà a significare che le altre lettere non sono all'altezza del suo genio silenzioso.

65. COME LEGGERE I LIBRI (SPECIALMENTE QUELLI MOLTO LUNGHI)

Un ragazzo leggeva solo libri molto brevi, di dieci pagine al massimo. Un giorno il padre volle metterlo alla prova e gli assegnò la lettura di un volume di ben trecento pagine.

– Il papà non mi vuole bene, – protestò il bambino con la mamma, – e io non riuscirò mai a finire un libro cosí lungo.

Allora la madre gli rispose: – Figliolo, il papà vuole solo il tuo bene. Ti svelerò un segreto: un giorno un gattino vide alla sommità di una scala un piatto di carne preparato per lui dal padrone di casa. Il gattino, però, si spaventò, perché aveva davanti a sé mille gradini. «Figuriamoci, – si disse subito, – non ne ho mai fatti piú di tre!» Allora pensò di rinunciare, cosí il padrone, che lo giudicò piuttosto pigro, decise di non dargli piú da mangiare. Il gattino, disperato, pensava che il padrone non lo amasse. Stava deperendo poco alla volta, quando un gatto anziano gli domandò: «Perché non provi a salire quella scala? Comincia con tre gradini per volta. E tre gradini (l'hai già sperimentato) sono alla tua portata. Poi, con pazienza, raggiungerai la cima».

Detto questo, schiacciato dal peso degli anni, l'anziano felino morí. Allora, il gattino, ormai privo di alternative, provò a seguire il suo suggerimento.

Poco alla volta, la meta si avvicinava; a un certo punto, non gli sembrò piú irraggiungibile.

Alla fine, il succulento pasto fu tutto suo e, affamato com'era, il gatto lo divorò in un istante. Allora il padrone lo premiò con altro cibo, cosí da fargli comprendere, infine, che l'amore a volte ha bisogno di essere un po' severo.

Ammaestrato da tale favola, il ragazzo cominciò a sfogliare il libro: cercò i titoli dei capitoli, osservò le illustrazioni, che lo incuriosirono molto. Poi si mise a leggere, poco alla volta, pagina per pagina. E, quando terminò quel volume, chiese al padre un altro libro, anche di seicento pagine, a patto che fosse altrettanto appassionante.

66. LO SCIENZIATO CHE VOLEVA METTERSI IN TESTA IL VOCABOLARIO

Una volta la testa degli uomini aveva un pulsante e, aprendosi come una scatoletta, poteva contenere pagine e parole, che, in quel modo, erano inglobate nel cervello e imparate a memoria.

Cosí, un giorno, uno scienziato un po' sbruffone, che aveva una testa grande come un cocomero, voleva mettersi in zucca l'intero vocabolario. Sí, avete capito bene, non sopra, ma tutto dentro la testa per davvero: schiacciò il pulsante e provò a infilare il volumone. Voleva essere il primo uomo a ricordarsi tutte le parole della sua lingua, una dopo l'altra! Provò e riprovò, ma alla fine dovette rinunciare: la sua era una testa imponente, certo, ma un dizionario intero proprio non ci entrava.

Cosí si accontentò di qualche pagina qua e là...

Allora tutti lo deridevano.

– Ridete, ridete pure, – rispose lui, che era piuttosto

permaloso, – tanto nella vostra testolina non entra nemmeno una breve poesia.

Allora i suoi amici vollero impartirgli una lezione: anche se avevano una testa molto piú piccola, riuscirono a infilare alcuni versi di un poeta.

Cosí lo scienziato comprese la lezione, che vale tuttora, anche se abbiamo altri metodi per imparare le parole. Oggi, infatti, non c'è bambino che non riesca a imparare una poesia a memoria; ma non c'è sapiente in grado di conoscere, riga per riga, tutto il dizionario, che infatti, specialmente durante le verifiche, è un amico assai prezioso.

67. IL COMPUTER E IL LIBRO ANTICO

Un computer si sentiva invincibile: era giovane, in perfette condizioni, non come quei libri antichi, colpiti dalla muffa e dalle tarme. Inoltre, qualora si fosse rotto, sarebbe bastato cambiare un pezzo e non avrebbe affatto perso efficienza. Questo, poi, non era un problema: godeva di ottima salute!

Un giorno tuttavia gli s'insinuò un virus, perché il padrone aveva dimenticato di somministrargli l'antivirus. Cominciò cosí a dare segni di pessima salute, al punto che quel virus finí per distruggere il disco fisso e, dopo un solo mese, il computer fu inutilizzabile.

Mentre lo stavano portando nella spazzatura, un vecchio libro, sempre silenzioso e paziente, gli disse:
– Ti compiango, mio piccolo computer, perché davi lezioni a tutta la biblioteca, ma ignoravi che i libri ne sanno una piú del diavolo!

68. LO SCRITTORE E IL SUO (UNICO) LIBRO

Meglio non fidarsi troppo della tecnologia. Ma nemmeno troppo poco.

C'era una volta uno scrittore un po' svitato, che non amava proprio le invenzioni tecnologiche. No, non soltanto tablet e computer, ma persino auto, treni e biciclette. Cosí non vide mai il mare, perché abitava sul cocuzzolo di una montagna e non scendeva mai di lí: la risalita a piedi sarebbe stata troppo faticosa.

Soprattutto, poiché era appunto uno scrittore, non si fidava di tipografie e stampatori.

– Chi mi garantisce che quelle macchine non mi combinino qualche scherzo? Io mi fido solo della penna d'oca e di me stesso...

Cosí quell'eccentrico autore, che visse novantanove anni in ottima salute, di libri ne scrisse circa duemila. Sí, duemila copie di una sola opera. E poiché ognuno di quei volumi contava mille pagine, nella sua vita di pagine ne ricopiò, riga per riga, circa due milioni, con la pazienza certosina di un amanuense medievale. E senza mai andare in vacanza.

Certo, avrebbe avuto molte altre storie da raccontare, ma il tempo proprio gli mancò. Almeno cosí fu sicuro che nessuna tecnologia avrebbe mai giocato scherzi spiacevoli ai suoi lettori.

69. LA FAVOLA CHE NON VOLEVA ESSERE CANCELLATA

Una favola protestò con l'autore che, all'ultimo secondo, aveva deciso di toglierla dal libro che stava per essere pubblicato.

– Sono la prima che hai scritto e adesso preferisci le ultime?

– Mi sono perfezionato con il tempo e tu mi sembri meno bella delle altre.

Cosí, con un *clic* la cancellò... ma aveva dimenticato di cancellare la sua morale: *Chi la dura, la vince*. Che cosa, tuttavia, poteva fare una morale in un libro, tutta sola, orfana della sua favola? Sarebbe stata individuata dall'autore e poi di certo cancellata. Cosí la morale recuperò tutte le lettere di troppo: quelle delle parole da cancellare e altre disperse nel libro; le mise insieme e ricreò la favola poco prima cancellata. Insomma, una specie di magia: le lettere da sole erano, infatti, destinate a essere eliminate, ma insieme riformarono quella favoletta, con qualche aggiustamento, in modo che nessuno se ne accorgesse.

E, per non destare attenzione, anche la morale si camuffò e divenne un tantino differente: *La necessità aguzza l'ingegno*. Come appunto dimostra questa storia.

Insomma, le favole la sanno lunga e nessuno scherzo può metterle nel sacco.

70. L'ULTIMO LIBRO NELLA STORIA DELL'UOMO

Uno scrittore aveva un sogno: realizzare l'ultimo libro nella storia dell'uomo. Un poco alla volta, convinse tutte le lettere dell'alfabeto, promettendo a ognuna un ruolo importante nella sua storia. Quel libro, insomma, le avrebbe finalmente fatte diventare protagoniste, dopo che avevano raccontato per secoli le storie di altri; a quel punto, si sarebbero divise.

Una piccola «a», però, pensò di anticipare le altre e, quando il maestro arrivò all'ultima riga del libro, era già partita. Insomma, l'ultima parola del libro finiva proprio con una «a»! Senza la sua presenza, quel libro non poteva essere terminato. Cosí il lavoro di ben 199999 lettere sarebbe stato inutile.

La «a» non si trovava proprio piú. Ormai erano tutti disperati, quando all'improvviso la videro tornare con le lacrime agli occhi.

– Carissime, in questi giorni ho capito che da sola non andrò mai da nessuna parte: al massimo, posso essere una semplice preposizione (o meglio, una preposizione semplice); senza di voi la mia vita non ha alcun senso.

– Neanche la nostra, – le dissero in coro tutte le altre lettere.

E cosí, tuffatasi nel libro, lo completò; in quel momento le lettere capirono non solo che non si sarebbero piú separate, ma che è proprio vero che *L'unione fa la forza,* come dicono i piú saggi tra gli uomini.

Lo scrittore si rese finalmente conto che la sua idea era piuttosto stravagante, anche perché, se con un colpo di bacchetta magica, dall'oggi al domani, all'improvviso non ci fosse piú l'alfabeto, chi potrebbe mai leggere il suo libro? Lo dovrebbero decifrare gli studiosi, come fanno oggi con gli antichi geroglifici. Meglio, dunque, tenerci stretto il nostro alfabeto e conservarlo con amore.

INDICE

FAVOLE dell'ABC

Finito di stampare nel mese di gennaio 2018
per conto delle Edizioni EL
presso G. Canale & C. S.p.A., Borgaro Torinese (To)